오늘도
디지털 노마드로
삽니다

오늘도 디지털 노마드로 삽니다

초판 1쇄 2022년 7월 11일

글 김미나
사진 박문규

발행인 유철상
편집장 홍은선
기획·편집 유철상
디자인 노세희, 주인지
마케팅 조종삼, 윤소담
콘텐츠 강한나

펴낸곳 상상출판
출판등록 2009년 9월 22일(제305-2010-02호)
주소 서울특별시 성동구 뚝섬로17가길 48, 성수에이원센터 1205호(성수동2가)
전화 02-963-9891(편집), 070-7727-6853(마케팅)
팩스 02-963-9892
전자우편 sangsang9892@gmail.com
홈페이지 www.esangsang.co.kr
블로그 blog.naver.com/sangsang_pub
인쇄 다라니
종이 ㈜월드페이퍼

ISBN 979-11-6782-076-1 (03810)

글 김미나
사진 박문규

오늘도 디지털 노마드로 삽니다

우리의 배낭처럼 가뿐하고 자유롭게

상상출판

어쩌다 보니
8년째 여행 중입니다

어쩌다 보니

얼마 되지 않는 전 재산과 편도 티켓을 들고 말레이시아로 떠났던 2014년 가을. 아껴 쓰면 되겠지, 돈 떨어지면 돌아와 무슨 일이라도 하면 되겠지, 용감한 건지 대책이 없는 건지 기한도 없이 무턱대고 세계 여행을 시작한 지 벌써 8년째입니다. 아마 대부분은 이렇게 생각하시겠죠.

"8년이라고? 대체 무슨 돈으로? 금수저야 뭐야? 건물주인가?" (실제로 뒤에서 수군대는 걸 들은 적이 있습니다)

"로또라도 당첨된 건가?" (그럼 얼마나 좋을까요! 이번 주에도 하나 샀습니다)

젊은 부부가 짧지 않은 시간을 유목민처럼 이곳저곳 떠돌며 사는 것이 아무래도 평범해 보이지는 않는지, 저희의 '여행'보다 '여행하는 삶'에 관심을 가지는 사람들이 많았습니다. 여행은 어떤 계기로 시작한 건지, 경비는 어떻게 충당하는지, 무슨 일을 하는지, 앞으로는 어떻게 살 건지 같은 것들….

원 없이 여행하고 싶다는 마음이 점점 커져서, 당장이라도 터질 것 같은 풍선처럼 스스로를 주체할 수 없게 되었을 때 떠남을 결심했습니다. 시작은 그저 여행이었는데 언제부턴가 생활이 되었고, 여행 경비는 곧 생활비가 되었습니다. 생활비는 당연하게도 노동을 해서 법니다. 여행하며 사진을 찍고(팔고), 글을 쓰고(팔고), 누군가에게 경험에 대한 이야기를 나누는 것(파는 것)이 저희 부부가 하는 일입니다. 처음부터 이렇게 살아야겠다 계획한 건 아니었지만, 꾸준히 찍고 쓰다 보니 자연스럽게 이런 삶의 모양이 만들어졌습니다. 그야말로 '어쩌다 보니'였어요.

긴 여행을 떠나는 사람은 의외로 많습니다. 세계 여행 에세이가 심심찮게 출간되는 것만 봐도 알 수 있죠. 하지만 그 많은 세계 여행자가 여행을 다녀온 뒤 어떤 일상을 보내고 있는지 알기란 쉽지 않습니다. 새롭게 무언가를 시작한 사람도 있을 테고, 여행을 떠나보니 집이 제일 좋더라면서 일상의 소소한 행복을 느끼며 사는 사람도 있을 텐데 어째서인지 대부분은 여행이 끝남과 동시에 소식이 끊겨버립니다. 그래서 저희는 여행이 끝나더라도 계속해서 매일을 기록해야겠다 다짐했는데, '어쩌다 보니' 시간이 흘러 여행하며 산 지 벌써 8년이 되어갑니다.

디지털 노마드

'퇴사 후 세계 여행'은 한동안 굉장히 인기 키워드였습니다. '퇴사'와 '세계 여행'이라니 얼마나 환상적인 키워드의 조합인지! 그러다 혹하는 키워드가 새로 등장했습니다. 프리랜서와 비슷하지만 조금은 결이 다른 그것. '디지털 노마드'입니다. 네이버 지식백과에 디지털 노마드를 검색하면, '첨단 기술(Digital)'과 '유목민(Nomad)'의 합성어로 첨단 디지털 장비를 구비하고 있어 장소에 구애받지 않고 일하는 사람들을 가리키는 용어라고 나옵니다. 한 공간에 머물지 않고 옮겨 다니며 일하는 젊은 층의 방식이 여기저기 떠돌았던 유목민의 모습을 연상시킨다고 하여 붙여진 이름입니다.

'디지털 노마드'는 프랑스의 경제학자 자크 아탈리의 저서인 『21세기 사전』에서 처음 나온 개념입니다. 그는 21세기를 사람들이 '디지털 장비(인터넷 연결이 가능한 노트북과 스마트폰 등)'를 가지고 '유목민처럼' 떠도는 디지털 노마드의 시대가 될 거라 예상했습니다. 즉 디지털 장비만 있으면 어디서든 일하며 밥벌이할 수 있는 사람을 가리켜 '디지털 노마드'라고 부르는 것이죠.

이른 아침에 지옥철을 타고 출근하지 않아도 먹고살 수 있다고? 남들 출근하는 시간에 여유롭게 카페에 앉아 노트북 두들기면서? (실제로는 여유롭게 '보이는' 것에 가깝습니다) 디지털 노마드가 정확히 뭔지, 무슨 일을 어떻게 하는지 모르는 사람이 봐도 솔깃한 이야기입니다. 회사 안 가도 밥벌이할 수 있다는데 혹하지 않을 사람이 있을까요? 사람들은 열광하며 디지털 노마드가 되는 방법, 디지털 노마드 직업, 디지털 노마드 수입 등을 검색합니다.

2019년 겨울, 예상치 못한 코로나바이러스의 습격으로 많은 업무가 비대면으로 전환되었습니다. 직장인들은 비대면 업무를 위한 웹캠과 마이크를 구매하고 줌Zoom, 구글 미트Google Meet 등의 플랫폼을 이용해 집에서 회사 사람들과 화상 회의를 했습니다. 한국에서는 재택근무가 흔한 업무 형태는 아니라 처음에는 여러모로 혼란스럽다는 의견들이 있었지만, 회사에 출근하지 않고도 일이 가능하다는 것을 많은 사람이 직접 경험한 거죠. 사실 해외에는 이미 다양한 일을 하는 디지털 노마드가 넘쳐나고, 그들을 위한 체류 비자를 발급해 주는 나라들도 많아요. 디지털 노마드는 그저 일하는 방식의 하나일 뿐이지 특별한 사람들만의 업무 형태가 아닙니다. 그런데도 많은 사람이 관심을 두는 이유는 무엇일까요?

아마도 '공간의 자유'가 곧 '여유로운 삶'의 모습으로 보이기 때문일 거예요. '디지털 노마드'라는 단어를 들었을 때, 대부분은 자유롭게 여행하면서 일은 하는 둥 마는 둥 하고 해변에서 맥주나 마시며 유유자적하는 모습을 떠올리거든요. 하지만 우리는 이미 알고 있습니다. 남의 돈 버는 일 중에 쉬운 게 어디 하나라도 있던가요.

디지털 노마드라고 해서 모두가 세계 여행을 하는 건 아니지만, 저희 부부는 어쩌다 보니 세계 여행을 하면서 디지털 노마드가 되었습니다. 회사에 다니지 않고, 여행하면서 먹고삽니다. 그러나 이 책에 '디지털 노마드로 만들어 드려요! 당신도 할 수 있다, 디지털 노마드!' 따위의 내용은 없습니다. 대신 '장소에 구애받지 않고 일할 수 있다는 것'이 '장소에 상관없이 어디서든 일을 해야 한다'로 들리는 8년 차 디지털 노마드 부부의 삶을 담았습니다. 지극히 평범한 30대 부부가 집 없이 떠돌며 여행하고, 일하고, 놀고, 또 사는 이야기를 솔직하게 썼습니다. 집은 없지만, 생활에 충분한 모든 것이 든 배낭을 메고, 세계지도에 그려진 모든 땅이 우리 집이라는 마음으로 삽니다. 이렇게 사는 사람들도 있구나, 가볍게 읽어주셨으면 좋겠습니다.

어쩌다 보니 8년째 여행 중입니다. 저는 글 쓰고, 남편은 사진 찍고, 함께 여행하며 삽니다.

목차

2장 '함께' 일합니다

3장 '함께' 놉니다

4장 '함께'라서 행복합니다

1장

'함께' 여행합니다

우리 세계 여행 가자

'천천히, 천천히. 진정하자. 진정해야 해.'

심호흡하며 찬 공기를 훅 들이마시자 그제야 정신이 들었다. 모두가 바쁜 출근 시간, 어디인지도 모를 지하철역 플랫폼 벤치에 멍하니 앉아 지나가는 열차를 바라보며 생각했다. 나 괜찮은 건가….

평소와 다름없이 지하철을 타고 출근하던 어느 아침이었다. 나의 일터는 버스 종점에서 내려 지하철을 탄 뒤에도 또 한 번 더 갈아타야 도착하는 아주 먼 곳에 있었기 때문에, 이날도 새벽같이 일어나 집에서 나왔다. 가는 길에 잠깐이라도 눈을 붙이고 싶었지만, 언제나처럼 빈자리는 없었다. 한쪽에 기대고 서서 몇 정거장쯤 갔을까. 갑자기 전에 없던 현기증이 느껴지더니 눈앞이 흐려졌다. '뭐지? 잠을 제대로 못 자서 그런가, 피곤해서 그런가'라는 생각을 할 틈도 없이 온몸에 한기가 돌고 손이 덜덜 떨리더니 식은땀이 등줄기를 타고 흘렀다. '감기몸살인가? 오늘 출근하기 어렵겠다고 말해야 하나? 아니야, 그럴 순 없어' 생각하며 정신을 차리려 애썼지만, 몸이 뜻대로 움직이질 않았다. 숨을 쉬려 할수록 오히려 가슴이 조여와 답답한 기분이 들었다. 아침도 못 먹었는데 어째서 속이 메스꺼운 건지, 어째서 어지럽고 토할 것 같은 기분이 드는지 도무지 알 길이 없었다. 그때 마침 정차한 역에서 문이 열렸고, 다급하게 내려 바깥공기를 쐬며 몸을 추스르다 생각한 것이다. '나 괜찮은 건가…' 하고.

저혈압 쇼크인지 공황발작인지는 모르겠지만, 그게 뭐든 몸이 보내는 위험신호라는 것만은 알았다. 몇 년간 차곡차곡 쌓였을 수면 부족으로 인한 피로와 스트레스가 주는 위험신호. 20대의 나는 몸도 마음도 엉망진창이었다. 누군가 다시 그때로 돌아가고 싶지 않냐고 묻는다면, 펄쩍 뛰며 됐다고 답할 것이다. 인생 37년 차, 뭐 얼마나 살았다고 엄살을 떠냐고 할 수도 있겠지만 20대는 우리 부부 인생의 그야말로 '암흑기'였다.

중·고등학생 시절 조금씩 나빠지던 집안 경제 사정이, 고등학교 졸업 후엔 더욱 심각해졌다. 대학교 첫 학기 등록금은 어찌어찌 대출을 받아 간신히 냈지만, 학업을 이어가는 것은 욕심이었다. 내가 감당해야 하는 것은 학비만이 아니었으니까. 당장 집에 돈이 없었다. 그리고 돈을 벌 사람은 나뿐이었다. 결국 대학교 입학 후 겨우 한 학기 만에 학교를 그만두어야 했다.

남편의 상황도 별반 다르지 않았다. 전역하자마자 일을 시작해 집에 보탬이 되고자 했으나 빨간색 압류 딱지가 붙었고, 지금은 돌아가신 아버님의 연대보증으로 인하여 당시 남편이 다녔던 회사에 사채업자가 찾아와 행패를 부렸다.

남편과 나는 고등학교 동창이다. 취향이 비슷하고 이야기가 잘 통해서 속내를 터놓을 수 있을 만큼 가까운 친구였는데, 시간이 흐르면서 서로에게 조금씩 다른 감정이 생겼다. 남편이 군대를 전역하고 우리가 사귄다고 했을 때 친구들은 하나같이 "야, 진짜야? 장난치지 말고"의 반응이었다. 우리는 그렇게 가장 친한 친구에서 연인이 되었다. 나는 남편에게 남편은 나에게 유일하게 기댈 수 있는 존재였다. 빚, 독촉, 압류, 빨간딱지 같은 단어가 둥둥 떠다니는 청춘이었지만, 서로가 있어 버텼다. 소박하고 예쁜 사랑을 했다.

스물한 살. 가장이 된 뒤로는 쉬지 않고 닥치는 대로 일을 해 돈을 벌었다. 내 첫 직장은 버스를 타고 지하철을 두 번이나 더 갈아타야 도착하는 편도 2시간, 왕복 4시간 거리에 있었다. 힘든 날만 있었던 건 아니지만, 그렇다고 좋은 날이 많았다고 할 수도 없는 시간이었다. 사람을 상대해야 하는 일이었고 '손님이 왕'인 시절이었으므로 누가 어떤 무례한 행동을 하더라도 나는 "그러셨군요, 정말 죄송합니다"라고 할 수밖에 없었다. 처음 하는 사회생활이니 뭐가 좋고 나쁜지도 모른 채 그저 남의 돈 벌기란 참으로 어려운 것이구나 싶었다. 친구들은 방학에 유럽으로 배낭여행을 간다던데, 난 도대체 여기서 뭘 하는 건지. 방긋방긋 웃다가도 직원용 엘리베이터에서, 퇴근길 버스에서, 나도 모르게 눈물이 터져 나왔다. 그렇게 셀 수 없이 눈물을 훔치며 꾸역꾸역 몇 년을 참고 일했다. 애쓰며 버티는 날들이었다.

그러다 도저히 안 되겠다는 생각이 들었다. 이렇게 살다가는 내가 전부 소진되어 없어질 것만 같아 오랜 시간 고민하다 결국 일터를 옮기기로 마음먹었다. 긴 출퇴근 시간마다 녹초가 되었기 때문에 우선으로 고려한 것은 위치였다. 더는 아침저녁으로 지하철과 버스를 타고 싶지 않아. 최대한 집에서 가까운 곳으로 가자. 그렇게 작은 회사의 사무직으로 취직했다.

오래 일한 직원들이 많은 중소기업이었다. 이름을 대면 누구나 알 만한 엄청난 규모의 대기업도, 직원 복지가 대단한 외국계 회사도 아니었지만, 고졸에 사무직 경력이 전혀 없는 나를 받아준 고마운 회사였다. 그곳에서 좋은 사람들과 함께 오래 일했

세계 여행을 떠나기 전, 로망이었던 파리

다. 직장생활도 어느 정도 즐거울 수 있다는 걸 알았고, 회사 사람들과도 마음을 터놓을 수 있다는 것을 알았다. 첫 월급은 아르바이트 월급 수준이었지만 열심히 일한 덕에 연봉도 착실히 쌓였고, 더는 출퇴근길에 울거나 아무 데서나 주저앉지 않았다. 책상 앞에 앉아 하루치 일을 착착 해놓고, 계획표대로 한 주를 보내고, 업무일지를 작성해 보고했다. 근무 환경과 경제적인 상황이 조금씩 나아지고 있었다. 다행이었다. 그사이 우리는 몇 년간의 연애 끝에 부부가 되었다. 없으면 없는 대로 작은 단칸방에서 신혼살림을 시작했다. 아침 일찍 일어나 도시락을 싸고, 출근해 각자의 직장에서 열심히 일하고, 퇴근 후엔 오늘 무슨 일이 있었는지 어떤 하루를 보냈는지 늦은 밤까지 대화를 나누었다. 풍족하진 않아도 둘이라 행복했고 이만하면 괜찮은 날들이라고 생각했다. 티끌 모아 태산까지는 아니더라도 야트막한 언덕 정도는 쌓을 수 있지 않을까 하는 작은 희망을 품었다.

그런데 별안간 뒤늦은 사춘기가 찾아온 것이다. 지나고 보니 서른이 뭐라고 싶지만, 그땐 서른이 되는 게 그렇게나 두려웠다. 20대를 돌이켜 보니 온통 일하고 돈 벌어 집에 가져다준 기억밖에 없었다. 나름대로 열심히 살았다고 생각했는데 딱히 이루어 놓은 건 없는 것 같고, 어찌어찌 결혼은 했지만, 이 단칸방에서 평생 살 수도 없는 노릇이고, 앞으로 어떻게 살아야 하지? 이제 곧 서른인데 계속 이렇게 살면 되는 건가? 한번 물꼬를 튼 생각은 꼬리에 꼬리를 물고 이어졌다. 머리가 복잡하고 마음이 어수선하니 일도 손에 잡히질 않았다.

그런 날들이 얼마나 지났을까. 서른을 앞두고 정말 하고 싶었던 것을 떠올려보았다. 그동안은 하고 싶은 것, 갖고 싶은 것이 생겨도 욕심내지 않았는데 이번만은 달랐다. 사람이 뭔가를 너무 원하면, 자기합리화를 하게 된다. 답을 이미 마음속에 정해놓고선 하지 못할 이유가 무엇이냐며 내 선택이 타당함을 합리화시키는 것이다. 하고 싶은 것 좀 해도 되지 않을까? 그만큼 열심히 살았으면 조금은 욕심내도 괜찮지 않을까? 소박하고 평범한 하루하루가 이어지던 어느 날, 나는 긴 자기합리화 끝에 이 비현실적인 말을 남편에게 덜컥 해버리고 말았다.

"우리… 여행 가자. 세계 여행."

C.SANTO 25
581
BEIRÃO
BEIRÃO

WRS
SKP
CONDICIONADO
04·92·XI

2014년 9월 9일, 긴 여행의 시작

회사-집-여행이 생활의 전부였던 당시 우리의 머릿속은 온통 여행 생각뿐이었다. 토요일이면 새벽부터 눈이 번쩍 뜨여 부지런히 주말여행을 떠났다. 출근할 때보다 훨씬 이른 시간에 일어나 고속 터미널로 향했는데도 희한하게 몸이 가뿐한 것이, 오히려 숨이 트이고 피로가 풀리며 상쾌한 기분이 들었다(우리는 이것을 '여행 파워'라고 부른다). 출퇴근길에 지겹게 타던 버스가 여행길엔 더할 나위 없이 고마운 교통수단으로 바뀌었고, 창밖으로 지나가는 풍경들을 멍하니 보고만 있어도 마냥 신이 났다. 목적지가 어디든 상관없었다. 그저 어디로든 떠나는 것이 좋았다. 그렇게 버스를 타고 때로는 당일치기로, 때로는 1박 2일로 주말여행을 떠났다. 돌아오는 길엔 녹초가 되곤 했지만, 그 노곤함마저도 좋아서 또 다음 주말을 기다리곤 했다. 퇴근 후엔 거의 매일 마주 앉아서 지도를 들여다봤다. 당시 가장 좋아했던 여행 프로그램인 〈세계테마기행〉과 〈걸어서 세계 속으로〉의 영향이었을까. 언젠가부터 국내지도 대신 훨씬 커다란 세계지도를 들여다보기 시작했다.

자연스럽게 세계 여행의 꿈을 꾸었다. 정확히는, 지겨울 때까지 정말 원 없이 여행을 해보고 싶었다. 로또 1등이 되어야만 가능할 것 같은, 어쩐지 허황되게 느껴지는 꿈이었지만 누구보다도 진심이었다. TV로만 보던 곳을 두 눈으로 직접 보고, 공기의 냄새를 맡고, 두 발로 종일 걸어 다니며 온몸으로 세계를 느끼고 싶었다. 지중해의 햇살은 어떤 느낌일까? 포근할까? 뜨거울까? 한국의 햇살과는 다를까? 그런 것들이 미치도록 궁금했다. 단칸방에 살면서 세계 여행이라니… 꿈을 꾸는 것만으로도 사치스럽게 느껴졌지만, 이미 내 꿈은 금방이라도 터질 듯 부풀어 있었다. 그래서 어느 날 밤, 더는 참지 못하고 말을 꺼내고야 만 것이다. "세계 여행… 가볼까?"라고.

부부가 생활을 모두 정리하고 긴 여행을 떠난다는 것이 결코 쉬운 일은 아니다. 우리는 기술이나 자격증을 가진 전문직도 아니고, 누구나 알 만한 대기업에 다닌 것도 아니었다. 학벌도, 스펙도 변변찮았다. 버는 족족 계속 집에 가져다줬으니 당연히 돈

WEL COME
CAPTAIN
LALIGURANS
GUEST HOUSE & RESTAURANT
LANDURUK-9, Height-1645 Meter
SOLAR

이 많지도 않았다. 월세 보증금 조금, 퇴직금 조금, 모아놨던 돈 조금…. 현실적으로 생각하면 회사를 그만두지 말아야 한다는 결론에 이르렀다. 하지만 그럼에도 불구하고 도무지 생각을 떨칠 수가 없었다. 10년간 쉼 없이 일해 집에 보탬이 되었으니 조금은 쉬어도 되지 않을까 하는 마음, 1~2년쯤 마음대로 산다고 우리 인생이 망하진 않을 거라는 믿음, 돌아와서 아르바이트부터 시작해도 괜찮다는 생각, 어떻게든 살 수 있을 거라는 무모함이 결국 여행을 결심하게 했다. 갑자기 무슨 세계 여행이냐고 깜짝 놀라 되물을 줄 알았는데, 남편은 당황하는 기색도 없이 그러자고 답했다. 하긴, 여행은 나보다 남편이 더 좋아하지. 그래, 까짓것. 떠나는 거야!

마음을 먹고 난 뒤 2년간 여행을 준비했다. 경비로 쓸 돈을 얼마나 더 모을 수 있을지, 가진 돈으로 얼마나 여행할 수 있을지 가늠해보았으나 아무리 계산기를 두들겨봐도 둘이서 세계 여행을 하기엔 턱없이 부족했다. 그렇다고 여기서 포기할 순 없지. 돈이 없으면 돈을 벌면 된다. 그래서 생각한 것이 호주에서의 워킹 홀리데이Working Holiday였다. '워킹'과 '홀리데이'라니, 매력적인 제도가 아닐 수 없었다. 무려 1년간 체류할 수 있는 비자(연장도 가능하다!)로 현지에서 합법적으로 일도 하고 여행도 할 수 있다. 호주 외에도 뉴질랜드와 유럽의 다양한 나라에 워킹 홀리데이 비자가 있는데, 그중 비교적 복잡한 절차 없이 비자를 신청하고 발급받을 수 있는 곳이 바로 호주였다. 이 비자에는 나이 제한이 있어서 만 30세까지만 발급받을 수 있고, 당시 우리는 만 29세였으므로 모든 게 딱 맞아떨어지는 상황이었다. 아시아 여행을 마친 뒤 호주에 가서 돈을 벌면 여행을 좀 더 할 수 있을 거라는 희망에 부풀어 비자를 신청했다. (결과적으로 호주에 가진 못했다. 계획이라는 게 항상 그대로 되지만은 않아서 1년 뒤 호주 대신 뜬금없이 터키행을 선택했기 때문이다)

퇴사도 했다. 홀가분한 마음으로 사직서를 냈고, 그 여름의 퇴사로 우리의 월급쟁이 신분은 끝이 났다. 퇴사 후엔 막바지 여행 준비로 바빴다. 장기 여행자 보험에 가입했고, 몇 가지 예방접종을 했으며, 초반 방문할 국가들의 비자를 발급받았다. 준비 과정은 수월했고, 즐거웠다. 여행은 준비할 때가 가장 신난다고 했던가. 주말에 가까운 곳으로 떠나는 것만으로도 설레었는데, 무려 세계 여행이었다. 우리가 준비하고 있는 게 세계 여행이라니 종종 믿기질 않아 디데이를 체크하며 떠나는 날만을 손꼽아 기다렸다. 내일모레면 서른이라고 우울해하는 대신, '서른이 되는 날을 어느 나라, 어느 도시에서 보낼까'라는 행복한 고민을 했다. 새로운 마음으로 맞이할 30대의 문을 여는 터닝 포인트, 우리 인생에서 가장 특별한 이벤트가 곧 시작될 예정이었다.

2014년 9월 9일. 언제 다시 돌아올지 모를 편도 항공권을 들

복을 기원하며 물을 뿌리는 태국의 새해맞이 행사, 송끄란 축제(Songkran Festival)

고 말레이시아의 수도인 쿠알라룸푸르Kuala Lumpur로 날아갔다. 모든 살림이 들어있는 20kg짜리 배낭을 하나씩 메고, 말레이시아를 거쳐 네팔과 인도와 그 외 여러 나라를 여행했다. 말로만 듣던 히말라야 트레킹을 했고, 책에서 보던 것 이상으로 이국적이었던 인도의 갠지스강 주변을 걸었다. 스리랑카 차밭에서는 향긋한 홍차를 마셨고, 세계 10대 축제 중 하나인 태국의 물 축제 송끄란에 참여했다. 아부다비Abu Dhabi에 있는 세계에서 가장 빠른 롤러코스터를 탔으며, 야경이 아름다운 부다페스트Budapest의 예쁜 아파트에서 한 달을 살았다. 벨기에의 골목을 걸으며 와플을 먹었고, 파리Paris 오랑주리 미술관의 모네 수련 연작 앞에서 감탄했다. 1년간 터키의 지중해 도시에서 살아보았고, 800km의 도보 길인 스페인 산티아고 순례길Camino de Santiago을 두 번이나 걸었다. 그렇게 문화가 다른 나라, 말도 잘 통하지 않는 도시들을 떠도는 사이 7년이라는 세월이 흘러, 서른을 앞두고 여행을 시작했던 우리 나이는 이제 마흔을 향하고 있다.

그동안 52개국을 여행했다. 7년이면 날짜로는 2,555일. 시간으로 계산하면 61,320시간이다. 많은 시간이 흘렀는데도 여전히 여행을 떠나던 날의 설렘이 또렷하고, 모든 순간이 바로 며칠 전 일처럼 생생하다. 질릴 때까지 해보고 싶었던 여행은 아무리 해도 질리질 않고 여전히 재밌다. '좋아해서' 그런 건지 그게 '여행'이라 그런 건지 모르겠지만, 가보고 싶은 곳은 점점 늘고 갔던 곳엔 다시 가고 싶어진다. 아직도 못 가본 곳이 많아 설레는 걸 보면 여행이 좀체 끝날 것 같진 않다. 이것이 우리 부부가 세계 여행을 '프로젝트'라고 부르는 이유다.

아주 가끔 상상해본다. 떠나지 않았다면, 원래 살던 대로 계속 살았다면 우리 삶은 어떻게 흘러갔을까. 단칸방을 벗어나 조금 큰 집으로 이사했을까? 회사에서 승진하고, 안정적인 삶을 살았을까? 그러면 더 행복했을까? 겪어보지 않았으니 알 수 없지만, 그때의 선택을 단 한 번도 후회한 적은 없다. 충분히 고민했고, 오랜 시간 준비했으며, 최선이라 믿는 선택을 했으니까.

어떤 선택에는 반드시 그럴 만한 이유가 있다고 믿는다. 그리고 삶은 예측하지 못한 방향으로 흐르기도 해서, 무모하게만 보이던 선택 덕에 여행하는 삶이 조금씩 만들어졌다. 우리 인생에서 가장 특별한 이벤트였던 세계 여행이 여전히 현재 진행형이라니 문득 신기할 때도 있고, 가끔은 꿈인가 싶기도 하다. 바라는 것이라면 지금처럼 하고 싶은 여행을 하고, 가고 싶은 곳에 가면서 자유롭게 사는 것. 남편과 오래도록 사이좋게 여행하며 건강하게 늙는 것. 그뿐이다.

사진도 찍고 글도 씁니다

시작은 가벼운 취미였다. 여행에 미쳐있었던 우리는 주말마다 고속 터미널로 향했고, 남편은 새로운 곳에서 다양한 풍경을 담는 재미에 푹 빠졌다. 처음에는 '똑딱이 카메라'로 불리는 콤팩트 디지털카메라를 들고 여행하다가, 큰맘 먹고 DSLR이라는 것을 샀다. 캐논에서 나온 저렴한 보급형 DSLR이었다. 남편은 새로운 장난감이 생겨 기쁜 모양이었다. 이렇게 찍어보고 저렇게 찍어보고 다양한 곳에서 신나게 셔터를 눌러대며 여행의 순간들을 남겼다. 차곡차곡 쌓여가는 사진들은 우리의 추억이었고, 외장 하드에 그냥 묵히기엔 아깝다는 생각이 들어 블로그를 개설했다. 당시만 해도 SNS가 지금만큼 발달하진 않아서 글을 쓸 수 있는 대표적인 플랫폼이었기 때문이다.

블로그는 공개된 앨범 같은 인터넷 공간이었다. '이거 올린다고 누가 보겠어'라는 생각으로 일기처럼 가볍게 쓰기 시작했다. 설악산에서 케이블카 탄 이야기, 정선에서 곤드레나물 비빔밥 먹은 이야기, 계절마다 이 도시 저 도시로 꽃구경 다닌 이야기. 여행했던 수많은 곳을 하나하나 정리해 글과 사진으로 올렸다. 그런데 어떻게 알고 사람들이 들어오더니 신기하게도 구독자가 하나둘 늘기 시작했다. 공감이 눌리고 댓글이 달리고, 사진과 글을 칭찬해 주고, 새 글이 올라올 때마다 일부러 찾아와서 읽어주는 사람들이 생겼다. 칭찬을 받으니, 봐주는 사람이 있으니 찍고 쓰는 게 더 재밌어졌다. 이왕이면 보는 사람들에게 도움이 되고 싶은 마음에 유용한 여행 정보들을 정리해서 올리기도 하고, 사진을 조금 더 꼼꼼히 찍는 등 열정적인 새싹 여행 블로거로 거듭났다. 그게 시작이었다.

"이번에 어디를 여행했는데 메밀꽃 부부님 블로그가 정말 많은 도움이 됐어요."

"두 분이 좋다고 하시는 곳은 정말 좋아요."

"여행 갈 때마다 혹시 두 분이 다녀오셨던 곳인지 찾아봐요."

칭찬은 메밀꽃 부부를 춤추게 한다!

누가 돈을 주는 것도, 하라고 시키는 것도 아닌데 매일같이 글을 올린 이유는 오로지 '재밌어서'다. 외장 하드에 넣은 사진은 일부러 다시 들춰보지 않으면 빛을 보기 어렵지만, 블로그에 정리해서 올려두면 더 오래 더 또렷하게 기억할 수 있고 시간이 지난 뒤에도 쉽게 찾아볼 수 있었다. 게다가 누군가 우리의 글과 사진을 보고 있다, 심지어 그것이 도움이 된다는 사실이 뿌듯하고 기뻤다. 시작은 분명 개인적인 기록이었으나 10년이 넘도록, 이렇게나 오랜 시간 꾸준히 블로그를 지속할 수 있었던 가장 큰 힘은 역시 칭찬과 응원이었다. 그래서 더 부지런히 찍고 썼다. 그저 좋아서, 재밌어서 하는 취미생활이었다.

세계 여행을 시작한 뒤에도 여러 나라 다양한 도시에서 글과 사진을 올렸다. 우리가 현재 어느 곳을 여행하고 있는지, 지나온 여행지는 어떤 곳이었는지, 그곳에서 어떤 일들이 있었는지, 무엇을 느꼈는지, 앞으로는 어떤 여행을 할 것인지, 어느 곳으로 갈 예정인지 매일 소통하며 여행을 지속했다.

쉽지는 않았다. 7년이 지난 지금이야 전 세계에서 유튜브와 넷플릭스를 볼 수 있을 정도로 인터넷 사정이 나아졌지만, 당시에는 정말 속이 터질 만큼 속도가 느린 곳이 대부분이었다. 사진 한 장 올리는 데에 30분이 넘게 걸리는 곳도 있었고, 불안정한 신호가 업로드 도중 끊기기라도 하면 처음부터 다시 올려야 했다. 그럼에도 포기하지 않았다. 임시저장, 또 임시저장. 한 땀 한 땀 수놓듯 글을 썼다. 그렇게 지금까지 3,500개가 넘는 글을 올렸고, 시간이 흘러 우리는 어느덧 11년 차 여행 블로거가 되었다. 네이버 파워블로그 제도는 폐지되었지만, 이달의 블로그 세계 여행 부문에 두 번이나 선정되었다. 세상에! 내가 무언가를 이렇게 꾸준히 하다니! 가끔 놀랍다.

즐겁게 여행하며 부지런히 찍고 썼을 뿐인데 신기하게도 다양한 기회가 찾아왔다. 온라인 매체와 잡지사 같은 곳에서 여행기를 써달라 하고, TV 프로그램과 광고 섭외, 항공사와 여행사에서 상품을 경험하고 홍보해달라는 요청, 국내외 특급 호텔들의 초청, 사진 촬영 및 구매 요청, 공공기관과 기업체의 여행 강연까지 이어졌다. 그리고 무엇보다도 감사한 출간 제의가 들어왔고, 그렇게 첫 책 『메밀꽃 부부 세계일주 프로젝트』를 썼다. 한 번 일했던 곳과 다시 일하기도 하고, 그게 또 다른 일로 연결되기도 하면서 협업하는 곳도 하나둘 늘었다. 정말 신기한 일이었다. 그저 재미로 시작했던 블로그가 여행하면서 먹고사는 지금의 우리를 만들어준 것이다. 지난 10년간 메밀꽃 부부의 모든 역사가 담긴 온라인상의 우리 집. 그 공간 덕에 여행하며 사진 찍는 남자, 글 쓰는 여자로 살게 되었다.

지금은 어느 때보다도 SNS가 발달한 세상이다. 누구나 크리에이터가 될 수 있는 세상에서는 돈 한 푼 들이지 않고도 나와 내 창작물을 브랜딩하고 홍보할 수 있다. 내가 어떤 사람인지, 뭘 잘하는지, 어떤 생각을 하는지, 무엇을 만들어내는지 누구나

산책하기 좋은 도시, 파리의 오후

볼 수 있는 곳에 드러내기만 하면 된다. 예를 들어 글쓰기 플랫폼인 '브런치'에서는 출간 프로젝트가 주기적으로 열리며, 실제로 평소에도 많은 출판 관계자가 브런치에 올라오는 글들을 유심히 본다고 한다. 인스타그램에 올라오던 일상툰과 글이 책으로 나오는 경우도 많다. 투고하지 않고도 작가가 될 수 있는 것이다.

이처럼 잘 가꾼 SNS는 공개된 자기소개서나 포트폴리오의 역할을 한다. 아무리 다양한 능력을 갖추고 있어도, 나라는 사람이 있다는 것을 아는 이가 없다면 내 재능은 나만 아는 것으로 끝난다. "내가 이렇게 그림을 잘 그려요. 동네 사람들! 내가 이렇게 그림을 잘 그린다고요!" 백 번 천 번 소리 지르는 것보다, 오늘 그린 그림 한 장을 인스타그램에 올리는 편이 훨씬 낫다. 나를 브랜딩하고 싶다면 당장 SNS부터 시작해야 한다. 그러면 혹시 아나? 좋은 일이 생길지. 안 생기면 또 어떤가. 돈 드는 것도 아닌데.

사진이나 글을 제대로 배운 것도 아니고 전혀 상관없는 일을 10년간 하다 퇴사했지만, 사진 찍고 글 쓰고 좋아하는 여행을 하면서 밥벌이한 지 벌써 8년 차. 하고 싶은 일을 하며 우리가 가진 능력으로 먹고산다는 사실이 새삼 뿌듯하다. 우리보다 잘 찍고 잘 쓰는 사람들이 차고 넘치는 데다가 아무리 생각해봐도 엄청난 사진을 찍고 대단한 글을 쓸 만큼의 재능은 아닌 것 같다. 하지만 좋아하는 사진을 찍고, 쓰고 싶은 글을 쓸 수는 있으니까 재밌어서 꾸준히 했던 블로그처럼 계속 재밌게 찍고 쓸 생각이다. 흙덩이를 만져 도자기로 빚어내듯, 나를 예쁘게 잘 빚어가며 오래 사진 찍고 글 쓰고 여행하며 살고 싶다.

짐은 덜고 행복은 더하기

신혼집은 다세대 주택의 작은 단칸방이었다. 살림살이는 많지 않았고, 그나마 큰 가전은 중고 매장에서 저렴한 가격에 산 통돌이 세탁기와 작은 냉장고 정도가 전부였다. 100L가 채 되지 않았던 소형 냉장고는 뭘 조금만 넣어도 차고 넘쳤기 때문에 하는 수 없이 그때그때 먹을 만큼만 조금씩 자주 장을 보는 습관이 생겼다. 냉동실이나 냉장실 깊숙한 곳 어딘가에서 언제 샀는지도 모르는, 유통기한이 훨씬 지난 먹거리가 나오는 일은 우리 집 냉장고에서 생길 수 없는 일이었다. 마트와 시장에 자주 가야 해서 처음엔 귀찮고 번거롭기도 했는데, 그렇게 장 보는 게 습관이 되고 나니 오히려 항상 신선한 재료로 만든 음식을 먹을 수 있다

스페인 산티아고 순례길의 첫날, 피레네 산맥

는 점이 좋았다. 생활하는 데도 별 불편함이 없었다. 둘이 사는 데 커다란 양문형 냉장고가 꼭 필요한 건 아니니까.

얼마 되지 않는 살림은 여행을 떠나면서 전부 정리했다. 추억이 담긴 앨범, 연애 시절 서로에게 썼던 편지 같은, 소소하지만 무엇과도 바꿀 수 없는 소중한 추억의 물건들만이 작은 상자 안에 담겼다. 미니멀리스트가 되고 싶었던 건 아니다. 그저 쇼핑에 별 흥미가 없었고, 물건을 채울 만한 공간과 지갑의 여유가 없었다. 처음엔 미니멀리즘보단 가난에 가까웠던 것 같다. 그래서 필요한 것만 사는 것이 습관으로 굳어졌고, 여전히 무언가를 살 때면 몇 번이고 고민한다. 유용한 물건인지, 정말 필요한지, 꼭 사

우리의 모든 살림살이가 들어있는 배낭을 메고

야 하는지. 몇 번의 고민 끝에 필요하다고 판단되면 그때 산다. 당연히 충동구매를 하는 일은 거의 없다.

상황이 이러하니 남들은 세계 여행을 떠날 때 가장 어려웠다는 짐 정리가 우리는 가장 쉬웠다. 정리할 것이 별로 없었기 때문이다. 당연히 배낭도 가볍겠거니 생각하며 뚝딱뚝딱 짐을 쌌다. 20kg이었다. 초보 배낭여행자에게 필수품만 챙겨 짐을 싸기란 쉬운 일이 아니었다. 배낭의 무게만 20kg에, 노트북과 카메라 등 장비가 들어있는 가방까지 더해져서 여행 초반엔 앞뒤로 거의 30kg에 육박하는 짐을 메고 다녔다. 내가 배낭을 멘 건지 배낭이 나를 멘 건지 모를 정도였다. 가끔 뒷모습 사진을 블로그에 올리면 "배낭이 미나 님만 해요"라는 댓글이 달렸다. 무거운 배낭 때문에 키가 더 작아지는 것 같다는 엉뚱한 생각이 종종 들기도 했다.

문제는 이동할 때였다. 30kg에 가까운 배낭은 언제나 어깨를 짓눌렀고, 도시를 이동할 때마다 큰마음을 먹어야만 했다. 기차역이나 버스 정류장까지 가는 길, 내려서 숙소를 찾아가는 길, 매번 택시를 타는 게 아니라면 어쨌든 배낭을 메고 걸어야 한다. 가끔은 나의 내비게이션 능력이 고장 나 길을 잘못 들어 헤매기도 하는데, 그런 날이면 당장 배낭을 갖다 버리고 싶어진다. 좁은 골목이라 그런가? GPS가 먹통이야, 이 동네는 집들이 다 똑같이 생겼어. 이 블록이 아닌가? 저쪽인가? 그렇게 여기저기 헤매다가 가까스로 숙소를 찾아 배낭을 내려놓으면 아이고 이게 다 무슨 고생인가 싶은 것이다. 그래서 언제나 이동하는 날은 아무런 일정도 잡지 않는다. 이동하는 것만으로도 이미 에너지가 방전되고 체력이 전부 소진되기 때문이다.

여행자는 비울수록 행복해진다. 배낭이 가벼워지면 어깨도 허리도 아프지 않고 이동할 때도 수월하니까. 배낭이 무거우면 무거울수록 결국 나만 힘들어진다는 당연한 이치를 온몸으로 고생고생하고 나서야 비로소 깨달았다. 그러나 그 이치를 깨닫기 전에는 배낭 안에 든 물건들이 전부 다 필요한 것만 같았다. 아무리 들여다봐도 뺄 게 없었다. '이것도 필요하고 저것도 필요한데, 괜히 버렸다가 나중에 후회하지 않을까? 만약 필요해서 다시 사게 되면 낭비가 아닐까?' 하는 생각에 결국 아무것도 버리지 못하고 또 모든 것을 이고 지고 다녔다. 무거워도 할 수 없지, 이것이 나의 욕심인 것을. 다시 '아이고 이게 무슨 고생이야!'의 반복이다.

스페인의 산티아고 순례길 걷기를 준비하던 날이었다. 순례길은 서울에서 부산 왕복 거리인 약 800km에 가까운 길을 오로지 두 발로 걷는다. 하루 평균 20km를 걷는다고 해도 40일이 걸릴 텐데 아무리 생각해봐도 앞뒤로 30kg이나 되는 배낭을 메고서는 도저히 불가능할 것 같았다. 어깨와 무릎이 버티지 못할

배낭 메고 40일간 걸었던, 산티아고 순례길

거라는 생각에 짐을 다시 쌌다. 순례길에서 적당한 배낭의 무게는 본인 체중의 1/10 정도라고 한다. 하지만 아무리 빼고 버려도 도저히 그렇게는 맞출 수 없었다. 노트북, 카메라, 충전기 같은 장비들을 버릴 수는 없는 노릇이니까. 일단 배낭 속 모든 물건을 꺼내놓고 우선순위를 정했다. 꼭 필요한 것들을 제외하고는 전부 덜어낸 뒤 앞 배낭은 없애고 메인 배낭 한 개씩만 남겼다. 그렇게 덜어내니 30kg이었던 배낭의 무게가 무려 10kg까지 줄었다. 이게 되는구나!

순례길 첫째 날, 26km의 산길을 걷고 녹초가 되어 도착한 순례자 숙소에서 온갖 잡동사니들이 잔뜩 담긴 커다란 상자들을 발견했다. "필요하지 않은 물건들은 이곳에 두고 가고, 혹시 여기서 필요한 게 있다면 가져가도 된다"라고 쓰여있었다. 그런데 가져가는 사람은 없고 전부 두고 가는 사람들뿐이었다. 단 1g이라도 배낭의 무게를 줄이고 싶은 순례자들의 마음이 느껴졌다. 뭐라도 빼야 해, 덜어내야 해, 그래야 앞으로 갈 수 있어. 그런 마음. 우리 역시 몇 가지 물건들을 더 내려놓았다. 그리고 결국 끝까지 두 발로 걸어 목적지에 도착할 수 있었다.

세계 여행자, 순례자, 디지털 노마드는 모두 이동하는 존재들이다. 버스나 기차, 혹은 비행기를 타거나 두 발로 걸으며 마치 유목민처럼 계속해서 이동한다. 내가 가진 모든 짐과 함께, 생활

공간 전체가 움직인다. 우리가 가는 곳은 우리 동네가 되고, 머무는 곳은 집이 된다. 자주 이사를 한다고 생각하면 쉽다. 당연히 짐이 적어야 편하고 가뿐할 것이다. 그래서 여전히 무언가를 살 때마다 정말 필요한 것인지, 우리가 감당할 수 있는 것인지 여러 번 고민한다. 뭔가가 더해진다는 것은 결국 짊어져야 하는 무게가 늘어난다는 것을 의미하니까. 산티아고 순례길 이후 지금까지, 장비를 포함해도 10kg이 넘지 않는 배낭의 무게를 유지하고 있다. 우리에게 필요한 것은 10kg짜리 배낭 두 개에 전부 들어있다. 살아가는 데에는 생각보다 많은 것이 필요하지 않고, 이 정도로 충분하다는 것을 경험을 통해 깨달았다. 덜어내는 방법을, 덜어내면 행복해진다는 것을 알았다.

그래서 오늘도 나는 생각한다. 물건이 아닌 경험과 추억으로 삶을 채워가며 간소하게 살고 싶다고. 언제든 휙, 둘러메고 떠날 수 있는 우리의 배낭처럼 가뿐하고 자유로운 삶을 꿈꿔본다.

조금 느리면 어때

2016년 가을, 통장 잔고가 바닥을 드러낼 준비를 하고 있었다. 돈이 떨어진다는 것은 곧 여행의 끝이 보인다는 것을 의미했으므로 마음의 준비가 필요했다. 앞으로 어떻게 살아야 할지 차분히 고민해보는 시간을 갖자며 향한 곳이 바로 산티아고 순례길이었다. '어떻게 살아야 할까'는 비단 먹고사는 것만의 문제는 아니었다. 어떤 마음으로, 어떤 방식으로 삶을 대하며 살아가면 좋을까. 여행하면서 느꼈던 이 가뿐한 기분을 잃지 않고, 여행하듯 살고 싶다고 생각했다. 우리만의 행복을 찾아 재밌게 살고자 하는 마음이 무엇보다 컸다. 그래서 40일간 매일 아침 해를 등지고, 동쪽에서 서쪽으로 하염없이 걸었다.

목적지는 성 야고보(산티아고)의 무덤이 있는 스페인의 북서쪽 도시, 산티아고데콤포스텔라Santiago de Compostela였다. 프랑스 길은 약 800km 거리로, 프랑스 남부의 생장피에드포르Saint Jean Pied de Port라는 도시에서 출발한다. 같은 날, 같은 곳에서 출발해 같은 목적지를 향해 가는데도 도착하는 날은 모두가 다르다. 걷는 속도가 제각기 다르기 때문이다. 우리는 하루 평균 20km를 걸었지만, 순례자 숙소에서 만난 어떤 할아버지는 무릎 통증 때문에 하루에 4km를 걸으신다고 했고, 또 어떤 아저씨는 하루에 30~40km를 걸으신다고 했다. 시간이 날 때마다 와서 조금씩 걷는다는 유럽 사람들도 있었다. 같은 길이지만 모두가 다른 방식으로 각자의 길을 걸었다.

그리고 우리 부부는 유난히 걸음이 느렸다. 함께 출발했던 다른 순례자들은 이미 우리보다 한참이나 앞서갔고, 언제나 다리가 긴 외국인들이 성큼성큼 우리 옆을 지나갔다. 그들의 한 걸음이 우리의 두세 걸음쯤 될까. 문제는 하나둘씩 빠르게 지나가는 순례자들을 볼 때마다 어쩐지 맞춰서 걸어야 할 것 같은 기분이 들었다. 괜스레 마음이 조급해져 나도 모르게 종종거리며 걸음이 빨라지는 날도 있었는데, 그렇게 평소보다 빨리 걷거나 많이 걸어서 무리하는 날이면 마치 경고등이 켜지듯 무릎과 발바닥에 신호가 왔다. 열흘이 지나고 보름이 지나자 병원에 가거나 중도에 걸음을 멈추는 순례자들이 생겨났다. 다들 비슷한 이유로 경

바람에 넘실거리는 밀밭의 풍경이 아름다웠던, 봄 순례길

고둥이 켜진 것이었다. 내 몸은 내가 가장 잘 아는데, 여기까지 와서도 우리는 왜 자꾸 다른 사람들 속도에 맞춰 걸으려고 하는 걸까. 경주하는 것도 아닌데.

800km에 가까운 순례길을 두 번이나 걸었다고 하면 체력이 아주 좋겠다고 오해하는 사람들이 많다. 평소에 운동 열심히 했죠? 등산을 자주 했어요? 그런 질문을 들을 때마다 민망하고 당혹스럽다. 물론 걷는 것을 좋아하지만 기껏해야 산책 정도인 데다 땀 흘리며 운동하는 일은 거의 없기 때문이다. 우리 부부의 운동은 아침마다 하는 5분짜리 국민체조(운동보다는 스트레칭에 가깝다)가 전부다. 그러니 두 번의 순례길을 끝까지 걸을 수 있었던

아이도, 반려견도 모두가 각자의 짐을 메고 걷는 길

것은 체력이 좋아서도, 평소에 운동을 많이 해서도 아니다. 남들이 빨리 가든 천천히 가든 신경 쓰지 않고 우리 속도로 걷기. 그것이 운동 부족 저질 체력 부부의 산티아고 순례길 완주 비결이다.

얼마의 시간이 걸리든 순례길을 끝까지 두 발로 걸어가고 싶었다. 우리에겐 10kg짜리 배낭도 있었다. 배낭을 메고 끝까지 걸으려면 무리하지 않아야 했다. 지치면 포기하고 싶어질 테니까, 내 몸의 속도와 리듬에 맞춰서 갈 수 있는 만큼만 천천히 가자. 몸 상태가 좋지 않은 날이면 하루 더 쉬고, 힘들다 싶으면 그만 걸었다. 다른 순례자들은 신경 쓰지 않았다. 느리더라도 조금씩 가다 보면 언젠가 도착할 테니 가볍게 걷자. 그렇게 생각하고 나니 마음이 한결 편해졌다.

천천히 걸었더니 풍경 역시 느리게 흘러갔다. 남편과 시시콜콜한 이야기들을 나누고, 실없는 농담을 주고받았다. 기분 좋은 산들바람을 느끼고, 풀 냄새를 맡고, 하늘에 동동 떠가는 구름이 예쁘다 감탄하고, 빵 조각을 새들과 나눠 먹으며 걸었다. 여러 나라에서 온 다양한 사람들을 만났다. 그들이 들려준 이야기들은 앞으로 우리가 나아갈 삶의 방향을 정하는 데에 많은 도움이 되었다. 그렇게 조급해하지 않고 우리 속도에 맞춰 꾸준히 걸었을 뿐인데 어느새 한 달이라는 시간이 훌쩍 지나 있었다. 그리고 마냥 멀게만 느껴졌던 산티아고데콤포스텔라 대성당 앞에 설 수 있었다.

방향을 잃지만 않는다면, 시간이 얼마나 걸리든 결국 목적지에 도착할 수 있다는 것을 우리는 그 길을 통해 배웠다. 목적지보다 더 중요한 건 길 위에서의 시간이라는 것도. 고작 40일을 걸었다고 해서 삶의 해답이 보인 것은 물론 아니었지만, '걷다 보니 다 왔다'는 목적을 달성한 것만으로 충분했다. 여기저기 물집 잡힌 발은 엉망이었는데도 어느 때보다도 개운하고 후련한 기분이 들었다.

두 번째 순례길에 오른 것은 그로부터 3년 후였다. 그사이 많은 변화가 있었다. 책을 출간했고, 본격적으로 여행 콘텐츠를 제작하게 되었으며, 감사하게도 찾아주는 곳이 점점 늘어 밥벌이를 하게 되었다. '어떻게 살아야 할까'에 대한 고민은 '계속 이렇게 살 수 있을까?'로 이어졌고, '앞으로의 일은 모르겠지만, 할 수 있는 것을 해보자'라는 결론에 이르렀다. 그동안 어디가 길인지도 모른 채 뿌연 안갯속을 더듬더듬 헤매는 기분이었다면, 이제는 희미하지만 가야 할 방향을 찾은 것 같다는 생각이 들었다. 곧 길 위에 다시 서고 싶어졌다. 그래서 또 한 번 걸었다. 여전히 10kg의 배낭을 메고, 40일간, 800km를.

지금도 종종 마음이 조급해지거나 남들과 비교하는 마음이 들 때면 길 위에서 보낸 40일을 떠올린다. 800km도 걸었는데 무엇인들 못 하겠냐는 자신감은 우리를 언제나 단단하게 지탱해준다. 더 잘하고 싶고, 더 빨리하고 싶다는 욕심이 생길 때마다 차분히 마음을 가라앉혀본다. 그게 뭐든 조금씩 하다 보면 차곡차곡 쌓일 테고, 중요한 것은 속도가 아니라 끈기와 인내심을 갖고 끝까지 쌓아서 완성하는 것일 테니까. 한 걸음, 한 걸음이 쌓여 우리가 결국 산티아고데콤포스텔라 대성당 앞에 설 수 있었던 것처럼.

C. Mehta & Sons
वाला
व्यापारी
RJ27
SK 4063

지구별 어딘가에 우리 동네

첫 한 달 살기는 인도의 우다이푸르Udaipur라는 의외의 도시였다. 처음부터 한 달을 살겠다는 마음은 아니었지만, '여기 너무 좋은데 조금만 더 있어 볼까?'라는 생각으로 그렇게 몇 번이나 숙소를 연장하다 보니 우리도 모르는 사이 한 달에 가까운 시간이 지나 있었다. 그곳에서 한 달간 뭘 했더라. 늦잠 자고, 호숫가 아담한 식당에 출근 도장 찍으며 밥 먹고, 산책 조금 하다가, 가끔은 유명하다는 관광지를 구경하러 갔다. 낮에는 인도식 홍차인 차이를 마시면서 글도 쓰고. 행복했다. 장염에 걸려 고생을 좀 하긴 했지만….

여행보다는 생활에 가까운 하루하루가 이어졌다. 바쁘게 돌아다니지 않고, 조금은 느린 시간을 보냈다. 심심한 날은 화방에서 그림을 그리기도 하고(우다이푸르는 세밀화로 유명한 도시다), 새로 개봉한 발리우드 영화(인도를 대표하는 배우 샤룩 칸이 주연인 영화였는데 이날 이후 발리우드 영화의 매력에 빠졌다)를 보러 영화관에도 다녀왔다. 평범한 일상이었지만, 그곳이 우다이푸르라는 이유로 매 순간이 특별하게 느껴졌다. 힌디어는 알아듣지 못하는 노래처럼 들렸고, 공기에서는 인도 특유의 이국적인 향이 났다. 거리에 소들이 자연스럽게 걸어 다니는 머나먼 도시에서 자주 가는 식당과 카페와 슈퍼가 생겼다. 낯설기만 했던 도시가 마음 편한 '우리 동네'처럼 느껴지는 경험을, 비일상적인 장소가 '익숙한 일상'이 되는 짜릿한 경험을 그곳에서 처음 해봤다.

힌두교의 성지로 어머니의 강인 갠지스강이 흐르는 '바라나시Varanasi', 세계에서 가장 아름다운 무덤이라 불리는 타지마할이 있는 '아그라Agra', 영화 〈김종욱 찾기〉의 배경이었던 블루시티 '조드푸르Jodhpur' 등 인도를 대표하는 도시들과 관광지를 여행했지만, 우리에게 인도는 '우다이푸르'로 기억된다. 한 달은 낯설기만 했던 어떤 곳을 마음속 우리 동네로 만들기에 충분한 시간이다. 그곳에서의 추억은 아무리 오랜 시간이 지나도, 떠올릴 때마다 마음이 몽글몽글해진다.

이후 여러 도시에서 머무는 여행을 했다. 연중 포근한 날씨가 매력적인 지중해 도시 안탈리아Antalya, 야경이 아름다운 부다페

인도인들에게 인기 있는 신혼여행지, 화이트시티 우다이푸르

: 연중 화창했던 안탈리아에서의 1년
: 치앙마이 단골집, 무려 미슐랭 빕구르망!

스트, 수준급 버스킹 공연을 감상하는 재미로 지냈던 베오그라드Beograd, 예술가들의 도시 치앙마이Chiang Mai, '대한민국 다낭시'라 불릴 만큼 한국인들의 인기 여행지였던 다낭Da Nang, 살아볼수록 매력적인 아름다운 섬 제주까지.

태국의 치앙마이에서는 항상 같은 집에서 아침 식사를 했다. 가족이 운영하는 작은 식당으로, 매일 닭을 손질하느라 허리가 굽은 주인 할머니는 거의 장인에 가까운 수준으로 덮밥을 꼼꼼하게 플레이팅하신다. 메뉴는 닭고기덮밥인 카오만까이Khao Man Kai 딱 하나. 닭 육수로 지은 밥에다 닭고기를 곁들여 먹는 음식이다. 닭은 삶은 것과 튀긴 것 두 가지가 전부였는데 특히 튀긴 닭은 어찌나 바삭하고 간이 딱 맞는지 매일 먹어도 질리지 않았다. 포장 손님도 워낙 많고 항상 붐비는 맛집이라 조금만 늦게 가면 닭튀김이 다 떨어지고 없어서, 이걸 먹기 위해 졸린 눈을 비벼가며 일찍 일어나곤 했다. 언제나 세 그릇을 달라고 해 둘이 나눠 먹었고, 나오는 길엔 항상 할머니께 "아러이막(อร่อยมาก, 정말 맛있어요)!"을 외쳤다. 그렇게 지낸 시간이 한 달이 되고 두 달이 되니 주문을 하지 않아도 알아서 세 그릇을 내어주실 정도가 되었고, 길에서 주인 할머니와 할아버지를 마주칠 때마다 반갑게 인사도 나누었다.

아지트처럼 자주 찾던 카페도 있었다. 잔디 마당이 넓고 예쁜 곳으로 날씨가 좋을 땐 돗자리에 앉을 수 있어 소풍 온 기분이 들곤 했다. 케이크가 맛있기로 유명해서 갈 때마다 이번엔 뭘 먹어볼까 즐거운 고민도 했다. 계산한 금액만큼 쿠폰에 도장을 찍어줬는데, 얼마나 자주 갔던지 모든 칸을 꽉 채운 쿠폰을 들고 가서 몇 번이나 케이크를 바꿔 먹었다. 공짜 케이크라 그런지 더 달고 맛있었던 기억이 난다.

터키 안탈리아에서는 조금 길게 1년을 살았다. 지중해의 햇볕에 바싹 마른 수건에서는 햇빛 냄새가 났다. 나까지 보송한 기분이 들어 빨래하는 시간을 유난히 좋아했고, 아침에 빨래를 널러 테라스에 나갈 때마다 바로 옆 아파트의 몇 층 아래 사는 아주머니와 눈이 마주치곤 했다. 지중해의 햇살보다 더 환한 얼굴로 "귀나이든!(Günaydın, 좋은 아침!)" 하고 아침 인사를 건네던 아주머니의 미소가 지금도 종종 떠오른다. 터키 사람들은 언제나 손님을 환대했고, 정이 넘쳤으며 따뜻했다. 자주 가던 시장의 단골 채소가게 아저씨는 먼저 값을 깎아주기도 했고, 앞집에 사는 할머니가 나눠준 맛있는 터키 음식도 자주 얻어먹었다.

일이 조금씩 늘고, 여행으로 밥벌이를 하게 되고, 떠돌며 살다 보니 쉬어가는 시간이 무엇보다도 필요해졌다. 여행 중엔 예상치 못한 일들이 시도 때도 없이 생겨 언제나 긴장 상태에, 이동할 때마다 나도 모르는 사이 피로가 조금씩 누적되기 때문이다. 간혹 몸이 아프기라도 하면 있지도 않은 집이 그리워지곤 했는데, 그럴 때마다 세계 곳곳에 '우리 동네'를 만들어서 평범한 일상을 보냈다. 평소보다 조금 더 느린 속도로 한곳에 머물며 충전하는 시간을 가지면, 바닥났던 에너지가 어느새 찰랑찰랑 차오르곤 했다.

아무리 오랜 시간을 머문다 한들 우리는 여행자이고 언젠가는 떠날 사람이라는 것이 여행지에서의 날들을 더욱 특별하게 만들어준다. 그리고 지구별 어딘가에 마음속 '우리 동네'가 있다

는 사실만으로, 어쩐지 든든한 기분이 든다. 그곳에서 보냈던 소소하고 따뜻했던 일상의 기억들이 오래오래 남아 힘들 때마다 위로가 된다.

⊕ 노마드 라이프를 위한 준비

노마드 리스트 https://nomadlist.com

디지털 노마드로 생활하기 좋은 도시를 알고 싶다면 '노마드 리스트'를 확인해보자. 전 세계 노마드들이 직접 체류하며 평가한 도시들이 보기 쉽게 정리되어 있으며 인터넷 속도, 생활 물가, 치안, 심지어 대기 질까지 다양한 항목별 만족도를 확인할 수 있다. 순위는 계속해서 바뀌지만, 상위권 도시들은 항상 비슷하게 유지된다. 유럽과 아시아가 대부분으로 포르투갈의 리스보아Lisboa와 포르투Porto, 독일의 베를린Berlin, 스페인의 바르셀로나Barcelona, 헝가리의 부다페스트, 인도네시아 발리Bali의 창구Canggu와 우붓Ubud, 태국의 방콕Bangkok과 치앙마이 등이 있다.

디지털 노마드의 성지, 치앙마이

곳곳에 크고 작은 코워킹 스페이스Co-working Space가 있고, 모든 자리에 콘센트가 있는 카페는 물론, 24시간 영업하는 스터디 카

페들이 넘쳐나는 도시. 어딜 가나 노트북을 펴 놓고 일하는 사람들을 쉽게 볼 수 있다. 자유롭게 일할 수 있는 공유 사무실인 코워킹 스페이스의 경우 하루, 일주일, 한 달 단위로 멤버십에 가입할 수 있다. 각자 다양한 분야에서 일하지만, 코워킹 스페이스에서 의견을 나누며 협업 네트워킹이나 인맥을 형성하기도 한다(우리는 일의 특성상 여럿이 함께 작업하는 경우가 많지 않아 코워킹 스페이스보다 카페나 개인적인 공간에서 일하는 것을 선호하는 편). 빠르고 안정적인 인터넷 사용이 가능하고, 작업하기 좋은 환경을 갖추고 있다는 것이 장점이다. 치앙마이에서 작업하기 좋은 장소들은 대부분 신시가지인 님만해민Nimmanhaemin에 몰려있다.

일기

예찬론자

2015년 4월 29일~4월 30일, 라오스에서 베트남 가는 길

달리는 버스 안에서 이 글을 쓴다. 창밖은 너무나 캄캄해서 한 치 앞도 잘 보이질 않는데, 기사님은 내내 신경질적으로 액셀을 밟아댄다. 너무 무섭다. 제발 무사히 잘 도착할 수 있기를. (중략) 휴게소가 아니라 웬 공터 같은 곳에 버스를 세워줘서 다른 여자들을 따라가 봤지만, 화장실이 없다. 어쩔 수 없이 후미진 곳에서 다 같이 노상방뇨를 하고 버스로 돌아오는데 동네 개들이 짖으면서 뛰쳐나오는 바람에 놀라서 기절할 뻔했다. (중략) 오후 3시, 버스는 다낭을 향해 달리고 있다. 라오스 방비엥Vang Vieng에서 출발한 지 29시간이 되었다. 29시간이라니. 우린 언제쯤 숙소에 도착할 수 있는 걸까…. 씻고 싶다.

2017년 3월 16일, 살아보기 위해 내려온 제주에서

배낭에 꾸깃꾸깃 넣어왔던 옷들을 하나하나 꺼내 옷걸이에 걸었다. 얼마 안 되는 짐들을 탁자 위에 늘어놓고 가져온 책 몇 권도 꺼냈다. 하나로마트에 가서 쌀과 계란과 채소를 샀다. 냉장고를 채우니까 마음이 든든하다. 침대 옆 창문 밖으로는 갈대밭이 넓게 펼쳐져 있어서, 바람이 불 때마다 갈대가 흔들리며 사각사각 소리를 낸다. 참 좋네. 따뜻한 보리차를 끓여 마신 뒤 남편과 나란히 누웠다. 섬의 시간은 정말 육지보다 느리게 흐를까? 이곳에서 보낼 1년이 벌써 기대된다. 유채꽃이 예쁘게 피었다고 하니 내일은 손잡고 산방산에 다녀와야지.

2019년 5월 7일, 두 번째 산티아고 순례길에서

갈림길이 나왔다. 왼쪽으로 가면 1km를 덜 걸을 수 있지만 산길이고, 오른쪽으로 가면 1km를 더 걸어야 하지만 완만한 길이다. 예전엔 짧은 길을 선택했지만, 이번엔 돌아가는 길을 선택했다. 조금 멀리 돌아가야 했지만 내내 풍경이 아름다워 지루한 줄 모르고 걸었다. 살다가 어떤 갈림길 앞에 섰을 때, 빠르다는 이유만으로 지름길을 선택하지는 말아야지. 조금 돌아가는 길에서 예쁘고 좋은 걸 발견할지도 모르니까. 오늘처럼.

도시를 이동하는 야간 버스와 기차, 하루 일정을 마치고 돌아온 숙소, 애매한 시간에 도착해 노숙했던 공항까지 그곳이 어디든 일기를 썼다. 아무리 피곤하고 힘들어도 기록만은 미루지 않았는데 '오늘의 기록은 오늘 한다'라는 것이 나름의 철칙이기 때문이다. 일기는 오늘을 담는다. 쓰는 동안은 오늘만 생각한다. 그리고 오늘의 기록은 오늘의 내가 한다. 일기가 밀리면 당시의 감정도 흐릿해져서, 짧게라도 매일 쓰려고 노력한다. 기록에 남아있는 것은 그날의 나고, 일기가 쌓여서 오늘의 내가 된다고 믿기 때문이다.

어릴 적 방학 숙제에는 일기가 빠지지 않았다. 그림일기였던 적도 있고, 그림 없이 글만 있는 일기였던 적도 있었다. 그때는 왜 그렇게 일기 쓰는 게 귀찮고 싫었는지, 할 수 있을 만큼 미루고 미루다가 개학을 코앞에 두고 나서야 한 달 치를 급하게 몰아서 썼던 기억이 난다. 나뿐만 아니라 많은 친구가 그랬다. 일기는 말 그대로 '방학 숙제'였고, 숙제라는 것은 원래 하기 싫고 미루게 되고 뭐 그런 거니까. 한 달간 매일 뭘 했는지 어떤 하루를 보냈는지는 당연히 기억이 나질 않았으므로 그냥 대충 지어서 썼던 것 같다. 매일 조금씩 써놓을걸, 그랬으면 이런 고생하지 않아도 되는 건데 '어휴. 아, 일기 쓰기 정말 싫다. 왜 이런 걸 숙제로 내줄까?' 하고 선생님을 원망했다. 그랬던 내가 성인이 되어 일기 예찬론자가 되었다. 역시 사람 일은 모르는 것일까?

일기를 처음 쓰기 시작한 것은 약 10년 전쯤이었다. 무슨 바람이 들어 쓰기 시작했는지는 잘 기억이 나질 않지만, 이것저것 생각나는 대로 끄적이던 버릇이 일기, 싸이월드, 블로그로 이어졌던 것 같다. 가끔 예전에 썼던 글을 보면 무슨 이런 생각을 다 했나 싶어 손발이 오그라든다. 세계 여행을 시작하고 얼마 되지 않았을 때의 일기에는 모든 것에 서툰 초보 배낭여행자인 나와 남편이 있다. 처음으로 육로 국경을 넘었을 때의 설렘, 포르투갈

에서 에그타르트를 먹고 감동했던 순간, 오스트리아 빈에서 카메라를 소매치기당할 뻔했던 아찔한 날의 이야기까지 전부 적혀 있다. 좋은 날도 있었고 힘든 날도 있었지만 같은 날은 하루도 없었다. 몇 년 전 어느 날의 아주 사소한 일도 그날의 감정도 전부 기록으로 남아있다. 가끔은 그땐 그랬지, 하고 일기를 통해 추억 여행을 떠나기도 한다. 손발이 오그라들고 서툴러도, 일기에 적힌 건 전부 우리다. 그때의 우리.

일기는 보통 잠들기 전 늦은 밤에 쓰는데, 책상 앞에 앉아있는 그때가 하루 중 가장 고요하고 차분한 시간이다. 어떤 날을 보냈는지 돌아보고 어떤 일이 있었는지, 어떤 생각을 했는지 글로 쭉 풀어내고 나면 마음이 단정하게 정돈되는 기분이다. 어차피 누구한테 보여줄 게 아니니 잘 쓸 필요는 없다. 포장할 필요도, 부풀릴 필요도 없다. 대신 짧게 쓰더라도 솔직하게 쓴다. 길게 잘 써야 한다고 생각하면 부담스럽고, 맞춤법과 띄어쓰기와 앞뒤 문맥에 연연하다 보면 어릴 적 방학 숙제처럼 밀려버릴지도 모르니까 가볍게, 가볍게 그냥 손 가는 대로 마음 가는 대로 쓴다. 어떤 날은 몇 줄, 어떤 날은 몇 페이지가 될 때도 있다. 특히 여행에서의 날들은 매 순간순간이 새로워 쓰다 보면 항상 길어지곤 한다. 쓰는 날이 반복되자 습관이 되었고, 쓰지 않으면 허전한 기분이 들어 일기를 통해 비로소 하루가 마무리되는 기분이 든다.

일기를 쓰는 것은 하루를 두 번 사는 것과 같다는 말이 있다. 평범하고 시시해 보이는 하루라도 일기를 쓰며 하루를 돌이켜 보면, 발견할 수 있는 뜻깊은 순간들이 생긴다. 흘러가는 시간을 붙잡을 수는 없겠지만, 그렇다고 그냥 흘려보내기는 싫어서 오늘도 일기를 쓴다. 그저 지나가는 하루도 글로 써 남기면 기록이 된다. 일기 쓰기가 나를 더 괜찮은 사람으로 만들어준다고는 할 수 없지만, 일기를 쓰는 오늘은 어제와도, 내일과도 다른 유일한 하루이다. 그런 하루하루가 쌓여 오늘의 내가 된 것처럼 어제보다는 오늘, 오늘보다는 내일, 나를 더 잘 아는 내가 될 거라 믿는다.

먹고 여행하고 기억하라

"여기서 뭐 할지 생각해봤어? 계획 있어?"

"아니! 우린 그냥 피자 먹으러 왔어! 이 동네에서 제일 맛있는 피자집이 어디야?"

이탈리아 나폴리Napoli에 도착한 후, 가리발디 광장의 호텔에 체크인하면서 직원과 나눈 대화였다. 상냥한 직원은 나폴리를 대표하는 몇 군데 피자집을 알려주었고, 우리는 구글맵을 열어 정확한 위치를 확인하는 꼼꼼함을 잊지 않았다. 나폴리 여행은 오로지 피자, 그중에서도 마르게리타 피자를 먹기 위한 여행이었다. 나폴리에 뭐가 있는지, 뭐가 유명한지는 중요하지 않았다. 우리에게 중요한 것은 오직 피자였다. 늦은 저녁 비행기를 타고

인생 마르게리타를 만났던 나폴리 대표 피자집, 피제리아 다 미켈레

왔기 때문에 호텔 체크인을 한 시간은 밤 8시였지만, 직원이 알려준 피자집 중 하나는 밤 11시까지 영업한다고 했다. 숙소에서 600미터쯤 떨어져 있으니 먼 거리도 아니었다. 객실 키를 받자마자 배낭을 던져놓고 피자집으로 달려갔다. 밤 9시가 다 되어가는데도 손님이 어찌나 많던지 번호표를 받고 기다려야 했으나 그 정도 기다림은 상관없었다.

우리가 간 곳은 1870년에 문을 연 '피제리아 다 미켈레L'Antica Pizzeria da Michele'. 영화 〈먹고 기도하고 사랑하라〉에서 주인공인 리즈가 피자와 사랑에 빠졌다며, 맛있게 먹고 내일 한 사이즈 큰 바지를 사면 된다고 얘기했던 식당이 바로 여기다. 벽엔 리즈 역할을 맡았던 배우 줄리아 로버츠가 세상 행복한 얼굴로 피자를 먹고 있는 사진이 걸려있었다. 고민할 것도 없이 마르게리타 피자를 두 판 주문했다. 질 좋은 밀가루를 사용해 화덕에 노릇노릇 구운 도우는 금방 뽑은 가래떡처럼 쫄깃했고, 이탈리아 남부에서 생산된다는 버펄로 모차렐라 치즈는 고소한 풍미가 일품이었다. 여기에 신선한 토마토소스와 바질 향이 어우러져 지금까지 먹었던 마르게리타는 다 가짜였다는 생각이 들 정도였다. 이렇게 훌륭한 피자가 한 판에 5유로. 단숨에 나폴리와(정확히는 나폴리 피자와) 사랑에 빠져버렸다. 나폴리에 오길 잘했어. 정말 잘했어. 우리는 다음 날도 직원이 추천해준 피자집에 가서 미식 평론가처럼 맛을 음미하며 마르게리타 피자를 즐겼다.

나폴리에서 피자 먹은 이야기를 뭐 이렇게나 길게 하냐고 묻

마르게리타 피자는 무조건 1인 1판. 나폴리 여행의 팔할을 차지한 나폴리 피자!

는다면, 그러니까 우리 부부가 먹는 것에 진심이라는 걸 말하고 싶었기 때문이다. 맛으로 여행지를 기억하고, 음식이 맛있는 여행지가 좀 더 좋은 기억으로 남으며, 맛없는 걸 먹으면 화가 나는 단순한 여행자. 어떤 도시에 가기로 했을 때 '거긴 뭐가 맛있지?'부터 생각하고 보는 여행자. '오늘 뭘 먹을까'는 우리 부부에게 아주 중요한 문제라 끼니를 대충 때운다거나 거르는 일은 거의 없다. 가끔은 먹기 위해 여행을 하는 건가 싶을 때도 있다. 그래서인지 가계부를 보면 식비가 차지하는 비중이 유난히 크다.

일기만큼이나 가계부를 열심히 쓴다. 단돈 100원이라도 지출이 생기면 반드시 가계부에 쓰는데, 일기와 마찬가지로 밀리면 아주 힘들어지기 때문에 매일 거르지 않고 정리하는 편이다. 요즘은 훌륭한 애플리케이션도 참 많아서 전 세계 통화가 다 나온다. 해외에서도 그 나라의 돈으로 지출한 금액을 입력만 하면 한화로 얼마인지 바로 계산되어 확인할 수 있으니 편리한 세상이다. 나라를 이동할 때나 한 달이 끝날 때면 통계 메뉴를 활용한다. 프리랜서에게 재정 상황 파악은 무엇보다 중요하기 때문에 주기적으로 통계에서 카테고리별 지출 내역을 쭉 훑어보는 시간을 가진다. 그 과정에서 소비 내역뿐 아니라 취향까지도 알게 된다. 아, 나는 이런 곳에 돈을 아끼지 않는 사람이구나.

분류에서 쇼핑 카테고리는 거의 항상 텅 비어있다. 관심이 없다고 해야 할까. 여행할 땐 가볍고 잘 마르고 부피를 많이 차지하지 않는 옷이 최고다. 출근을 하지 않으니 굳이 좋은 옷이나 신발이 필요하지도 않다. 갖고 싶은 것도 딱히 없다. (그럴 일은 없겠지만) 만약 로또 1등이 된다면 뭘 갖고 싶으냐고 서로에게 물었는데 한참을 곰곰이 생각해봐도 떠오르는 게 없었다. 남편은 좀 더 좋은 카메라, 나는 성능 좋은 노트북 정도? 이건 꼭 로또가 돼야 살 수 있는 것도 아니고, 일을 더 잘하기 위한 장비에 대한 투자이니 순수하게 갖고 싶은 거라고 말하기엔 좀 모호하다. 미용 카테고리도 비어있긴 마찬가지다. 미용실은 몇 년에 한 번 갈까 말까 한데, 머리카락에 약을 바르고 오랜 시간 앉아있으면 좀이 쑤시고 괴롭다. 다행히 관리하기 쉬운 생머리라 내버려 두면 알아서 자란다. 너무 긴가 싶을 땐 길이만 조금 자르는 정도로 정리하는 편이다.

그에 비하면 식비는 놀라운 수준이다. 택시비, 아니 버스비도 아까워서 웬만한 거리는 걸어 다니고 '할인'과 '쿠폰'에 집착하면서도, 먹는 것만큼은 지갑이 활짝 열린다. 엥겔계수에 의하면 가계 소득이 높아질수록 식료품비는 줄어든다는데, 우리 집은 이상하게도 정반대다. 열심히 일해서 돈을 벌었으니 맛있는 걸 더 많이 먹어야지! 돈을 버는 이유는 우리에게 더 좋은, 더 맛있는 음식을 먹이기 위함이니 돈을 벌수록 식비 지출은 오히려 더 늘어난다. 덕분에 우리의 여행은 매 끼니 즐겁고 행복하다. 이렇게 쓰고 보니 먹기 위해 여행하는 게 아무래도 맞는 것 같네.

많이 봐야 좋은 게 뭔지 알고, 다양하게 먹어 봐야 맛있는 게 뭔지 알게 된다. 이건 내 취향인가? 좋다면 왜 좋고, 싫다면 왜 싫은지, 내 마음이 어떤지 들여다보면서 좋아하는 것들을 곁에 많이 두고 싶다. 맛있는 음식들로 채운 우리의 여행처럼. 맛있는 음식을 먹을 때마다, 이렇게 맛있는 걸 더 자주 먹기 위해 열심히 일해야겠다는 생각을 한다. 올해의 계획은 뉴욕New York의 3대 스테이크집에 가보는 것과 멕시코 타코 여행이니 아무래도 가기 전에 미리 다이어트를 좀 해두어야겠다. 일도 열심히 하고.

다른 누구도 아닌, 우리만의 여행

'초심을 잃었다'라는 내용의 댓글이었다. 정확히 기억은 안 나지만, 배낭여행자인 우리가 세계 여행 초반과 다르게 호텔도 가고 마사지도 받고 고급 레스토랑에 가는 게 못마땅하다는 내용이었다. 잘못한 점이나 부족한 점에 대한 지적이라면 충분히 이해하고 받아들였을 텐데, 몇 번을 다시 읽어봐도 '지금 네 여행은 틀렸다'라는 비난으로만 느껴져 당황스러웠다. 고생을 해야만 여행인가 싶어 약간 서운한 마음이 들기도 했다. 이제는 여행이 일이기도 하니 취재차 방문하는 곳도 있고 간혹 초청을 받기도 해서 세계 여행 초반과 비교하면 분명 스타일이 달라지긴 했을 것이다. 하지만 여전히 게스트하우스나 호스텔에서 자주

1년에 한 번, 귀한 여름 휴가로 다녀왔던 홍콩

머물고, 로컬 식당을 이용하고, 한 푼 두 푼 알뜰살뜰 아끼며 여행한다. 지금도 처음처럼 여행이 설레고, 여행이 길어지며 좀 더 열린 마음으로 현지 문화와 종교, 사람들을 대할 수 있게 되었다고 생각했다. 그리고 설사 여행 스타일이 바뀌었다 하더라도 그게 누군가에게 이렇게까지 비난받을 일인가. 호스텔이 아닌 호텔에 가고, 버스가 아닌 택시를 타고, 마사지를 받는다고 해서 처음의 마음을 잃은 건 아닌데. 장거리 버스를 타고, 수십 명이 자는 도미토리를 이용하고, 고생고생해야만 그게 진짜 여행일까. 도대체 진짜 여행은 뭔지. 그럼 우리가 지금 하는 건 가짜 여행일까? 어쩐지 가슴이 답답해졌다.

말은 하지 않아도 이렇게 생각하는 사람이 또 있을지도 모른다는 생각에 그날 하루 차분히 생각을 정리한 뒤 블로그에 글을 올렸다. 여행을 시작하게 된 계기, 좋아서 하는 여행이지만 이제는 '일'적인 부분이 있어서 세계 여행 초반처럼 일기 형식의 여행기를 쓰긴 어렵다는 이야기, 그렇지만 우리에게 너무나 소중한 공간이기 때문에 나름의 기준을 갖고 직접 경험한 것에 대해서만 글을 쓰고 있다는 이야기, 이런 여행도 저런 여행도 모두 우리 여행의 일부분이니 더 다양한 경험을 해서 좋은 콘텐츠로 도움이 되는 글을 쓰고 싶다는 이야기까지. 길지 않은 글이었지만 어렵게 꺼낸 말이라 몇 번을 썼다 지웠다 했는지 모르겠다. 그 글에는 600개에 가까운 공감과 수백 개의 댓글이 달렸고, 나는 그 고마운 응원의 댓글들을 요즘도 자주 들춰본다.

"내가 거기 가봤는데 볼 것도 없고 별로야. 도대체 왜 가는지 모르겠어."

"요즘은 다들 SNS에 사진 올리고 자랑하려고 여행 하나 봐. 안타까워."

자신의 여행을 무용담처럼 늘어놓으며 다른 사람들의 여행은 폄훼하는 배낭여행자들도 몇 번 만났다. 나이와는 상관없이 오랜 시간 이곳저곳을 여행한 장기 여행자들로, 본인의 주관적인 경험에 기반하여 "어딘 상업적으로 변해서 별로다", "어딘 굳이 갈 필요가 없다", "거길 도대체 왜 가는지 모르겠다" 같은 말을 쉽게 한다. 때로는 "여행한 지 얼마나 됐어요?" 하고 물으며 여행 기간을 기준으로 은근히 계급을 나누기도 한다. 관광객이 거의 가지 않는 오지를 찾아다니며 모험했던 이야기, 우연히 현지인의 집에 초대되었던 이야기(여기서 '우연히'가 무엇보다 중요하다), 그간 겪었던 무수한 고생과 위험천만한 순간들을 신화처럼 들려주고 관광객들과 패키지여행을 무시하며 그건 진짜 여행이 아니라고 말한다. 아니 패키지여행이 왜요? 얼마나 가성비 좋고 안전하고 알찬데요(쇼핑만 너무 시키지 않는다면). 패키지여행밖에 선택지가 없는 분들도 있다. 자유여행이 어려운 어르신들이나, 여행 준비할 시간이 정말 없는 사람들. 그리고 배낭여행이나 자유여행 중에도 현지에서 데이 투어Day Tour를 잘 이용하면 훨씬 풍성한 시간을 보낼 때가 있다. 이쯤 되면 가슴이 정말 답답해진다. 도대체 '진짜 여행'이 뭔데 그러는 걸까.

가장 긴 휴가가 4박 5일이었던 직장인 시절, 우리의 여행은 그야말로 빡셌다. 오로지 휴가만을 기다리며 1년을 버텼고, 짧은 휴가에서 실패하고 싶지 않다는 마음으로 매번 철저히 여행을 준비했다. 가능한 한 맛있는 것을 많이 먹고 좋은 것을 자주 볼 거라 다짐하며 아침 일찍부터 밤늦게까지 모든 시간을 분 단위로 쪼개 촘촘히 일정으로 채웠다. 가고 싶은 식당의 휴무일,

인생 첫 해외여행이었던 필리핀

관광지의 운영 시간 등을 꼼꼼하게 확인하는 것 역시 잊지 않았다. 계획이 어긋나서는 안 된다. 1년에 한 번뿐인 나의 소중한 휴가를 망칠 순 없으니까. 회사에서 주는 휴가는 짧기만 하고 나에겐 일분일초가 귀하니 한순간도 허투루 보낼 수 없다며, 쉬러 가는 여행에서조차 나는 실패하고 싶지 않다고 생각했다. 참으로 전투적인 여행이었다. 패키지여행은 아니었지만, 패키지여행 이상의 촘촘한 계획들로 짜인 여행이었다. 그럼 그 여행은 가짜였을까?

여름휴가를 다녀온 뒤 바쁜 업무와 잦은 야근으로 지치고 힘들 때마다 여행에서의 기억을 꺼내 먹었다. 다음 휴가만을 기다리며 열심히 일한 것은 물론이고. 여행은 일상을 조금 더 힘내서 살 수 있도록 도와주는 친구 같은 존재였다. 우리 부부가 인생에서 가장 힘든 시기를 지날 때, 유일한 낙이었던 것도 역시 여행이었다. 그러니 곰곰이 생각해도 '진짜 여행'이나 '가짜 여행' 같은 건 없는 것 같다. '나의 여행'이 있을 뿐이다.

며칠에 한 번씩 나라를 이동하며 패키지여행을 하든, SNS에 올리기 위해 에펠탑 앞에서 비슷한 사진을 백 장 찍든, 가이드북에서 좋다는 곳을 따라 다니든, 호텔에 콕 박혀 호캉스를 즐기든 이러나저러나 모두 각자의 여행이고 각자의 소중한 추억이다. 진짜 여행을 하기 위한 가이드라인 같은 것은 당연히 없다. 그저 마음이 가는 대로 여행하고, 즐거웠다면 그 자체로 좋은 여행이다. 여행에는 정답이 없으니까. 패키지여행이든 배낭여행이든 의미가 없는 여행은 없다. 또 의미가 없으면 좀 어떤가. 큰 의미를 찾지 않더라도 여행을 즐겁고 행복한 순간들로 채워서 살다가 힘들 때 그 기억을 꺼내 먹을 수 있다면 그것만으로도 충분하다고 생각한다. 누구도 다른 사람의 여행을 비난하고 평가할 권리는 없다. 이렇게도 살 수 있고 저렇게도 살 수 있는 것처럼, 이런 여행도 있고 저런 여행도 있는 거니까.

2장

‘함께’ 일합니다

둘이 함께, 좋아하는 일을

터키에서 1년을 살 때, 우리 집에서 한 달간 함께 지낸 프로그래머 친구가 있었다. 낮에는 컴퓨터로 일을 하고, 가끔은 전 세계 곳곳에 있는 동료들과 화상 회의를 했다. 시차 때문에 회의 시간을 맞추기가 쉽지 않다고 했지만, 그래도 일은 별 탈 없이 잘 돌아간다고 했다. 그 친구의 짐은 크지 않은 캐리어 하나가 전부였는데 열어보면 2/3가 다이빙 장비로 채워져 있었다. 쉬는 날이면 수중 환경이 좋은 곳에서 스쿠버다이빙을 즐겼고, 일하는 곳을 정할 때도 바다가 있는 곳이 우선이라고 했다. 한국에서 지내는 생활비를 생각하면 해외에서 지내는 것도 만족스럽다고, 어디서든 일할 수 있다면 굳이 한국이 아니어도 되지 않겠냐는 말을 들었을 때 나는 조금 충격이었다.

비슷한 환경에서 비슷한 사람을 만나 비슷한 대화를 하고 비슷한 날들을 보내다가, 여행을 시작한 뒤 다양한 형태의 삶을 만났다. 세상은 넓고 삶의 모양은 셀 수 없이 다양했다. 그것은 언제나 비슷한 루틴으로 살던 우리에게 충격이 아닐 수 없었다. 직업이 여러 개인 사람, 여행하면서 일하는 사람, 은퇴하는 나이에 전혀 다른 일을 새롭게 시작하는 사람들을 가까이서 보며 이렇게도 살 수 있고 저렇게도 살 수 있다는 것을 깨달았다. 아, 저렇게 살아도 망하지 않는구나! 굶어 죽지 않는구나! 좋아하는 일을 즐겁게 하면서도 굶어 죽지 않고 잘 사는 사람들을 보며, 우리라고 못 할 게 뭐 있겠냐는 자신감과 희망을 품었다. 누구나 '부캐'를 가질 수 있고, 누구나 창작할 수 있고, 누구나 여러 개의 직업을 가질 수 있는 좋은 시대에 살고 있으니까 할 수 있어, 우리도!

디지털 노마드로 살아가는 사람 중에는 개발자와 디자이너가 특히 많고 구매대행을 하는 사람들도 있으며 유튜버를 비롯한 콘텐츠 크리에이터, 전업 투자자까지 직업군이 다양하다. 그중에서도 우리가 하는 일을 나열해보자면 하고 싶은 여행을 하면서 콘텐츠를 만드는 크리에이터이자, 여행기를 쓰고 여행 사진을 찍는 작가, 또 여행 관련 상품(투어, 티켓, 교통 패스 등 여행에 관련된 모든 것)을 홍보하고 판매하는 마케터이기도 하며 여행 이야기를 전하는 강연가이기도 하다. 블로그에 글을 쓰고 유튜브에 영상을 올리며 여러 매체에 콘텐츠를 제공하고 다양한 나라와 도시에 대한 이야기를 여러 사람에게 전한다. 다양한 일을 하는 것처럼 보이지만, 결국은 여행하면서 글 쓰고 사진 찍는 게 주된 일이라 볼 수 있다. 누군가에게 우리를 소개해야 할 땐, "여행하며 사는 부부입니다"라고 말한다. 처음 2~3년은 모아두었던 돈을 야금야금 까먹으며 여행했고, 그때까지만 해도 디지털 노마드 같은 건 꿈도 꾸지 못했다. 프리랜서가 된 뒤에도 얼마간은 수입보다 지출이 훨씬 많았지만, 할 수 있는 일을 하면서 경험치를 차곡차곡 쌓다 보니 벌써 8년째다.

좋아하는 곳에서 좋아하는 일을 한다는 것은 축복이다. 심지어 일이 '여행'이라니, 부럽다는 말도 참 자주 듣는다. 처음엔 비 오는 날이나 추운 겨울날 회사로 출근하지 않아도 된다는 게 좋았다(첫 직장이 왕복 4시간 거리였으니 오죽했을까). 또 뭐가 있을까…. 직장 상사나 동료 때문에 받는 스트레스가 없어서 좋았다. 하지만 정말 좋은 것은 따로 있었다. 어느 곳에서 일할지, 언제 일할지, 어떤 일을 할지, 그 일을 할지 말지도 스스로 정할 수 있다는 것. 주체적으로 일을 끌고 가는 듯한 근사한 기분이 든다는 것이다. 우리는 살고 싶은 계절을 선택할 수 있고, 원하는 곳에 갈 수 있으며, 원하는 시간에 일어나고, 원하는 시간에 일

언젠가 몇 달쯤 살아보고 싶은 도시, 런던

하거나 쉴 수 있다. 월요일 아침 늦게까지 잔다고 해서 뭐라고 할 사람이 아무도 없다는 것은 8년째 하루도 빠짐없이 짜릿하다(물론 일이 밀리거나 몰릴 땐 쉬는 날 없이 일하기도 하지만). 지금도 믿기지 않을 때가 종종 있을 정도로 행운이라 생각한다.

하지만 좋아하는 일을 한다고 해서 모든 순간이 알록달록 무지갯빛으로 채워지는 것은 아니었다. 일단, 우리가 하는 일을 설명하는 게 어려워졌다. 직업이 뭐냐고 물었을 때, 특히 어른들이 물어볼 때면 항상 말이 길어진다. 보통 사람들이 알 만한 회사에 다닌다면 회사 이름을 대며 '○○회사 다녀요' 할 수 있고, '회사원입니다' 할 수도 있다. 전문직이라면 ○○○입니다' 하면 간단하게 끝날 텐데, 매번 구구절절 설명해야 한다. '여행작가입니다'라는 말은 뭔가 부족하다. 여행작가를 부업 정도로 생각하는 분들이 대부분이라 부연 설명이 필요할 때가 많다.

"여행 관련된 다양한 곳과 같이 일해요. 호텔이나 여행사라든가, 관광청이라든가."

"여행 경비는 어떻게 충당해요?"

"그러니까 일을 해서 여행 경비를 충당하는 게 아니라, 여행이 일이고 여행을 해야 돈을 벌고…."

많은 사람이 여행하는 게 '일'이 될 수도 있다는 것을 이해하지 못한다. 회사도 안 다니고 여행만 하는 젊은 부부라며 '부모 잘 만난 백수'로 오해받기도 하고, 아이도 안 낳고 이렇게 돌아다니니 "부모님이 걱정 많으시겠다"라는 이야기도 자주 듣는다.

안 그래도 좁았던 인간관계는 더 좁아졌다. 일이 잘 풀리지 않을 때, 돈을 잘 벌지 못할 때, 마음이 불안할 때 "그래도 너는 좋아하는 일을 하잖아"라는 말이 돌아오면 할 말이 없어진다. 그래 나는 좋아하는 일을 하니까…. 무슨 말을 해도 배부른 소리로만 들릴 것 같아서 말을 아끼게 되고, 이야기도 겉도는 느낌. 그렇게 점차 연락이 뜸해진다.

좋아하는 일을 하기 위해서는 하기 싫고 귀찮은 일까지 감수해야 한다는 것도 알았다. 좋아하는 것이 '일'이 되었을 때의 어려움도 있었다. 게다가 디지털 노마드의 삶에서 일이라는 것은 있다가도 없을 수 있고, 없을 땐 언제까지 없을지 기약이 없다. 무엇에도 얽매이지 않고 자유로웠지만, 내가 움직이지 않으면 아무도 나에게 밥을 떠먹여 주지 않는다는 당연한 사실을 깨달았다. 모든 선택을 스스로 할 수 있어서 좋았는데, 그것은 모든 책임도 홀로 져야 한다는 것을 뜻했다. 회사 다닐 때보다 더 부지런해져야 했다. 실제로 일도 훨씬 더 많이 한다. 그럼에도 불구하고 좋아하는 마음이 더 크니까, 지금처럼 계속 살고 싶은 마음이 정말 크니까 이런 것들쯤이야 아무렇지 않다.

우리는 8년째 여행하며, 좋아하는 곳에서 좋아하는 일을 즐겁게 하고 있다. 일이란 것이 늘 그렇듯 좋을 때도 있고 힘들 때도 있지만, 월급 받던 시절에는 좋을 때보다 힘들 때가 더 많았다. 그러나 지금은 좋을 때가 훨씬 더 많다. 지금의 삶이 우리에게 딱 맞는 옷을 입은 것처럼 편안하다. 물론 먹고사는 문제는 결코 낭만적이지 않지만, 어쩌다 가끔 힘들 땐 서로가 있어 의지가 된다. 남편과 나는 서로의 반려자인 동시에 함께 일하는 파트너이자 팀이기도 하니까. 팀워크가 제법 좋아서인지 우리는 아직 망하지도, 굶어 죽지도 않았다. 그러니 계속 이렇게 살아보는 거죠, 뭐.

КЊИЖАРА „ИВО АНДР

ERSTE

디지털 노마드의 하루

무려 11개국, 19개 도시. 2019년 하반기의 살인적인 일정이었다. 7월 한 달은 세르비아의 수도 베오그라드에서, 8월 한 달은 루마니아의 티미쇼아라Timisoara에서 보낸 뒤 9월부터 11월 중순까지 약 두 달간 발칸반도를 여행했다. 브라티슬라바에서 몰타로 가는 항공권을 이미 발권해버린 상황(저가 항공의 노예여…)이라 도시 간 버스를 타고 조금씩 이동하며 브라티슬라바로 향했다. 최근 몇 년의 여행 동안 가장 이동이 잦은 기간이었다. 발칸반도를 반시계 방향으로 크게 한 바퀴 돌았다. 그냥 지나가기엔 아쉬운 마음에 여기도 가볼까, 저기도 가볼까 하다가 초래한 결과였으니 다 내 욕심이었다. 환절기 변덕스러운 날씨 때문에

코시체 도착한 날 코피 쏟은 남편. 항상 피로한 도시 이동

감기몸살에 걸렸고, 야간버스를 타고 슬로바키아 코시체Kosice에 도착한 날 아침엔 남편이 코피를 쏟았다. 여행하랴 일하랴 두 달간 몸이 많이 축났다. 12월엔 헝가리 부다페스트에서 3주간 쉬면서 요양하는 시간을 가져야 했다.

대부분의 디지털 노마드들은 한 도시에 머물며 어느 정도 규칙적인 생활을 한다. 당연한 말이지만, 일을 해야 하기 때문이다. 여행하면서 루틴을 유지하기란 생각만큼 쉽지 않고, 이동까지 하다 보면 루틴이 문제가 아니라 일을 밀리지 않고 쳐내는 것조차 어려워진다. 우리 역시 한곳에 오래 머물 땐 가능한 한 규칙적으로 생활하려고 노력하지만, 이렇게 이동하며 여행할 땐 규칙적인 생활이 거의 불가능하다고 봐야 한다. 그렇다고 일을 하지 않을 수는 없는 노릇이라 언제 어디서든 틈이 생길 때마다 노트북을 켠다. 공항이나 터미널에서 대기할 땐 테이블과 의자가 편안한 카페가 있는지부터 찾아보고, 여행지에서는 날이 어두워지기 전에 서둘러 숙소로 돌아가 일한다. 파리 디즈니랜드에서 온종일 놀았든, 바르셀로나에서 가우디의 흔적을 찾아 돌아다니느라 10km를 훌쩍 넘게 걸었든 간에 돌아와서 일은 해야 한다. 그럼 쉬는 날은? 보통 날씨가 좋지 않은 날, 컨디션이 좋지 않은 날은 외출하지 않고 종일 숙소에 머문다. 하지만 이때도 일은 조금씩 하니까 온전히 쉬는 날이라 볼 수는 없다. 여행과 일과 일상이 분리되지 않는 삶이지만, 아무리 노력해도 각각을 분리하기 어렵다고 결론지었다. 지금은 그저 너무 한쪽으로 치우치지 않도록 노력한다.

그나마 한곳에 머물 땐 여유가 생겨서, 다른 프리랜서들과 별반 다르지 않은 생활을 한다. 예상치 못한 코로나 때문에 비자발적으로 여행을 못 하는 요즘은 어떻게 지내는지 제주에서의 하루를 정리해보았다.

08:00~09:00

아침 일찍 일어나 조깅이나 수영 같은 운동으로 몸을 예열하고, 깔끔하게 옷을 갖춰 입은 뒤 노트북 앞에 앉아 멋지게 일하는 디지털 노마드도 물론 있겠지만, 우리는 오늘도 푹 자고 느지막이 일어났다. 양치를 하고 찬물로 세수를 한 뒤 따뜻한 물을 한 잔 마신다. 스마트폰 앱을 켜서 미세먼지 농도를 확인한 뒤, 나쁘지 않다면 창문을 활짝 열고 집 안 구석구석 환기를 시킨다. 이불을 정리하고 먼지를 털어내고 바닥의 머리카락을 쓸어내며 가벼운 청소를 한 뒤엔 남편과 함께 거실에 선다. 유튜브에서 국민체조 영상을 찾아 재생 버튼을 누른다. 요즘은 홈 트레이닝(홈트)이 유행이라던데 홈트도 요가도 우리 스타일은 영 아니다. 아침 운동은 역시 국민체조지. 우리처럼 아침에 이 영상을 보는 사람이 많은지 조회 수도 엄청 높다. 익숙한 멜로디가 흘러나온다. "국민체조~ 시~작!"과 함께 우리의 하루도 시작된다.

09:00~12:00

거실에서 작업실로 출근해 오전 업무를 한다. 일단 작업실에 대한 이야기를 해보자면, 제주에 돌아와 1년간은 시내의 원룸에서 살았다. 코로나가 쉬이 끝날 것 같지 않아 이사했고, 지금은 한적한 동네의 방 세 개짜리 빌라에서 살고 있다. 공간의 분리 덕에 작업실이 생겼다. 여행 중 한두 달 머물 집을 구할 땐 보통 에어비앤비를 이용하고, 주로 거실 테이블이나 식탁에서 일한다. 터키에서 1년을 살았을 때도 작업실은 따로 없었기 때문에 항상 거실 테이블에 앉아 글을 썼다. 그러니까, 이렇게 생활한

지 벌써 8년째인데 최근에서야 처음으로 '작업실'이라는 게 생긴 것이다. 내 책상이 놓인 분리된 공간, 안정적으로 일할 수 있는 환경, 출퇴근이 가능한 방이 생기니 어쩐지 집중도 더 잘 되는 것 같다. 다시 여행을 떠나면 작업실이 그리워지리라 종종 생각한다.

작업복에 대한 이야기도 해보자면, 옷은 잠옷 그대로다. 외출하지 않는 한 옷을 갈아입는 일은 없다. 출근했다는 것을 상기하기 위해, 약간의 긴장감을 주기 위해, 업무 시간을 구분하려고 일부러 출근복을 입는 사람들도 있다고는 하지만 나는 보들보들 수면바지가 제일 편하다. 가장 편안한 상태에서 책상 앞에 앉는다. 아침 1시간 정도는 책을 읽는다. 커피를 마시고 싶지만, 공복 커피는 위장에 해로우므로 참는다. 이제 노트북 전원 버튼을 누른다. 밤새 새롭게 도착한 이메일이 있는지 확인한 뒤 정성껏 답장한다. 블로그를 열어 새로운 댓글에 답변을 하고, 예약 걸어둔 글이 잘 올라갔는지도 확인한다. 어젯밤에 미리 정리해둔, 오늘 해야 할 일의 목록을 훑어본 뒤 마감이 급한 것부터 하나하나 순서대로 해나간다.

12:00~13:30

보통 아침 겸 점심과 저녁, 이렇게 하루 두 끼를 먹고 식사 준비는 언제나 남편이 한다. 나는 요리를 정말 못하고 또 싫어한

창밖으로 초록이 가득한 내 작업실

이사 오기 전, 1년간 살았던 오션 뷰 원룸

다. 신혼이었던 어느 날, 남편에게 오징어볶음을 해주려고 오징어를 사 왔다가 손질만 3시간을 했다. 그사이 오징어에게 무슨 문제라도 생겼는지 바싹 말린 것보다 더 질겨져서, 볶음이 되었을 땐 고무처럼 질겅질겅 도저히 씹히지 않을 정도였다. 요리에서 손을 놓은 것도 그때부터였던 것 같다. 반면 남편은 자타 공인 금손, 요리왕 박선생, 박장금이라 불리는 사나이. 계량도 하지 않고 뚝딱뚝딱 금방 맛있는 반찬과 찌개와 국을 만들어낸다. 특히 남편이 해주는 떡볶이는 전국 어느 맛집과 비교해도 손색이 없다. 요리를 잘하고 좋아하는 남편은 자연스럽게 우리 집 주방장이 되었고, 요리는 못해도 정리 정돈을 좋아하는 내가 청소와 빨래를 한다. 남편이 차려준 맛있는 점심을 먹은 뒤엔 거실 소파에 나란히 앉아 커피를 한 잔씩 마시며 수다를 떤다.

13:30~16:00

바짝 집중해서 일하는 시간. 거실에서 남편이 여행 영상을 편집하는 동안 나는 작업실에서 '읽고 쓰는' 작업을 한다. 바이러스로 인하여 여행이 멈추는 바람에 출간 시기가 미뤄진 세 번째 여행 에세이의 원고 후반부 작업을 한다. 또 예정된 여행 강연의 원고를 각각의 주제에 맞게 쓰고, 비대면 강의에서 함께 볼 사진과 영상 자료를 준비한다. 블로그에 올릴 사진들의 보정 작업 및 글쓰기도 이 시간에 한다. 취재 일정이 있는 날이면, 원래 이 시간에 해야 할 일들을 오후 업무 시간에 처리한다.

16:00~18:00

미세먼지가 심한 날, 비 오는 날, 너무 덥거나 추운 날을 제외하고는 거의 매일 산책을 한다. 머리도 식힐 겸 나가서 가볍게 동네를 한 바퀴 걷는데 워낙 시골이라 오며 가며 마주치는 사람이 거의 없다. 새소리를 들으며 귤밭 사이를 걸을 때, 구름 한 점 없이 화창해서 한라산이 또렷하게 보일 때, 돌담에 새로 핀 꽃을 발견할 때마다 제주에 살아서 참 좋다는 생각을 한다. 집에 돌아와서는 저녁을 먹고, 과일을 집어 먹으며 쉬다가 다시 책상 앞에 앉는다.

18:00~21:00

마지막 오후 업무 시간. 어느 정도 오늘 할 일을 끝냈다 싶으면 퇴근한다. 컴퓨터를 끄고 작업실 불을 끄면 내 안의 스위치도 함께 내려간다. 밤엔 드라마를 보거나 영화를 감상하고, 남편과 마주 앉아 보드게임을 할 때도 있다. 보통 자정에서 1시 사이 잠들고, 중간에 깨는 일 없이 푹 잔다. 잘 자는 게 삶에서 무엇보다 중요하다고 생각하기 때문에 충분히 숙면을 취하려 노력한다. 아무리 바빠도 수면 시간을 줄이거나 식사를 거르진 않는다. 나를 잘 돌봐야 내 일도 잘 해낼 수 있으니까.

따로 쉬는 날을 정해놓지는 않지만, 상황에 맞게 쉬고 또 일한다. 제주에서의 하루를 써놓고 보니 그간 이렇게 안정적인 환경에서 지낸 적이 있었나 싶을 정도로 규칙적인 날들을 보내고 있다. 계절마다 꽃구경을 거르지 않고, 종종 초록이 가득한 숲에서 소풍을 즐기며, 통유리창 너머로 바다가 펼쳐진 오션 뷰 카페에 커피를 마시러 간다. 여행하며 살듯 보내는 이곳에서의 생활이 퍽 마음에 든다.

⊕ 일할 때 사용하는 툴

메모 & 투 두 리스트 정리 - 다이널리스트(Dynalist)

그날그날 해야 할 일들을 세분화하여 정리한다. 큰 덩어리의 계획은 해낼 수 있을까 의문이 생기기도 하고 부담스러워서 일을 잘게 쪼개고 쪼개 매일 조금씩 해나가는 편. 투 두 리스트를 적고 완료한 일은 체크 표시를 해 지운다.

글쓰기 도구 - 스크리브너(Scrivener)

한글만 계속해서 사용하다가 스크리브너를 알게 되었다. 영국의 작가가 개발한 프로그램으로, 편리한 글쓰기를 위해 만들어진 툴이다. 나는 생각나는 대로 써놓고 그것들을 붙이고 다듬어 글을 완성하는 편인데 그러다 보니 여기저기 마구 써놓은 조각 글을 맞추는 과정이 항상 어려웠다. 그 부분을 완벽하게 해결해준 것이 바로 스크리브너. 30일 무료로 사용할 수 있다. 월정액이 아니라 한번 구매하면 계속 사용할 수 있다는 것이 장점이다.

시간 관리 도구 - 포커스 투 두(Focus To-Do)

'뽀모도로'란 시간 관리 방법의 하나로, 25분간 집중해서 일하고 5분간 휴식하는 한 세트를 반복하는 방식이다. 25분 동안은 스마트폰을 보거나 이메일을 확인하는 등의 다른 일을 하지 않고, 오로지 지금 하는 일에만 집중한다. 5분 휴식 시간에는 화장실에 다녀오거나 스트레칭을 하는 등 가볍게 쉰다. 4번의 세트가 끝나면 2시간이 흐르는데, 그때 30분 정도 긴 휴식을 취한다. 유튜브를 보거나 SNS의 새 글을 확인하는 등의 딴짓 때문에 일의 진도가 잘 나가지 않을 때 뽀모도로를 적용하면 시간을 밀도 있게 사용할 수 있다. 시간은 내가 원하는 대로 조절할 수 있는데, 나는 50분 일하고 10분 쉬는 방식을 선호한다.

여행지에서의 일터, 노트북 작업하기 좋은 카페

덕업일치의 삶

"노는 게 제일 좋아 친구들 모여라, 언제나 즐거워 개구쟁이 뽀로로~"

날씨 좋은 날 나가 놀 때마다 이 노래를 부른다. 나는 정말 노는 게 제일 좋으니까. 오늘도 신나게 놀아야지 룰루랄라 발걸음도 가볍게 외출을 한다. 맨날 놀기만 하면 일은 언제 하느냐고 묻는 사람에겐 당당하게 말한다. "노는 게 일입니다!"

정확히는 놀고 나서 그 경험을 무언가로 만들어내는 게 일이지만, 즐겁게 여행해야 좋은 콘텐츠도 나온다. 프로게이머가 게임을 하고, 축구선수가 축구를 하고, 바둑기사가 바둑을 두는 것처럼 여행으로 먹고사는 우리는 여행을 한다. 조금 다른 점이라고 한다면 일을 위해 여행을 하지는 않는다는 것인데, 콘텐츠를 만들기 위해 여행을 하는 것이 아니라 하고 싶은 여행을 하면서 콘텐츠를 만든다. 한국을 기반으로 활동하는 크리에이터들은 한 달에도 몇 번씩 출입국을 반복하지만, 우리는 원하는 곳을 자유롭게 여행하다가 1년에 한 번 정도 한국으로 돌아와 재정비를 한다. 그래서 인천공항으로 입국할 땐 집에 왔다는 기분보다 '한국 여행'을 하러 온 것 같은 기분이 든다. 그런데 이번 한국 여행은 조금 길어졌다. 코로나로 인하여 여행이 멈췄기 때문이다. 이곳저곳을 자유롭게 떠돌던 여행자 부부는 거리 두기와 외출 자제로 인하여 집순이, 집돌이가 되어버렸다.

여행을 못 하는 대신에 요즘은 집에서 사람들과 여행 이야기를 나눈다. 제주에서 벌써 2년, 랜선 여행 강의를 통해 매주 다양한 분들을 온라인으로 만나고 있다. 마스크 없이는 어디에도 갈 수 없는 답답한 시기, 여행이 그리운 분들과 모여 힐링하는 시간이다. 거리 두기 때문에 오프라인으로 대면이 어렵다 보니 온라인 비대면 강의가 활성화되었고, 처음 한두 번으로 끝날 줄 알았던 강의는 도서관, 학교, 여러 공공기관, 기업으로까지 이어져 감사하게도 매달 꾸준히 다양한 곳과 일하고 있다. 여행하며 찍었던 사진과 영상을 보여드리고, 미리 준비한 자료를 바탕으로 여행지에 대한 이야기나 재밌었던 에피소드들을 들려드린다.

짐 풀기 전 객실, 부대시설 등의 사진부터 꼼꼼히 찍어야 하는 호텔 취재

채팅창에 올라오는 질문엔 실시간으로 답변하며 소통한다. 우리 이야기를 듣기 위해 귀한 시간을 내주셨으니 그 시간만큼은 여행하는 기분을 느끼실 수 있도록 신경 써서 준비한다. 다들 전국 각지에 흩어져 있지만, 온라인에서 얼굴을 맞대고 이야기할 수 있는 세상이 새삼 신기하다.

보통 마지막 20분 정도는 질의응답 시간으로 채운다. "여행하셨던 곳 중에 어디가 제일 좋으셨나요?", "아이와 함께 갈 여행지로 추천할 만한 곳이 있나요?", "두 분이 항상 같이 계시면 싸우지는 않으세요?", "한 달 살기 하기 좋은 도시 추천해주세요!" 등 질문들이 쏟아진다. 역시 이 시간이 가장 활발하다. 그런데 이날은 평소와 조금 다른 질문을 받았다.

"작가님은 덕업일치의 삶을 살고 계시니 부러워요. 하지만 현실적으로 쉽지는 않잖아요. 해주고 싶은 말씀이 있으신가요?"

'덕업일치'란 자기가 좋아하는 일을 직업으로 삼는 것을 뜻한다. 잠시 고민하다가, 답했다.

"처음부터 이렇게 살려고 의도했던 것은 아니지만, 좋아하는 여행으로 밥벌이까지 하게 되었으니 항상 감사한 마음이에요. 하지만 여행을 좋아한다고 해서 이런 삶이 모두에게 딱 맞을 거라고 생각하지는 않아요. 누군가에게 여행은 일이 아니라 그냥 여행이었을 때 가장 행복할 수도 있을 테니까요. 반드시 덕업일치를 할 필요는 없다고 생각해요. 좋아하는 일을 하며 돈을 벌 수 있다는 것은 물론 감사한 일이지만, 좋아하는 일도 '일'이 되면 힘들 때가 있어요. 또 좋아하는 일이 잘하는 일이 아닐 수도 있고요. 잘하는 일로 돈을 벌어 좋아하는 일을 신나게 즐기는 편이 나을지, 좋아하는 일을 잘하게 만들어 덕업일치를 할지는 각자의 선택에 달려있다고 생각해요. 노력과 운도 중요하겠죠."

각자 처한 상황이 다르기 때문에 이런 질문에 대한 답변은 조심스럽기만 하다. 선택도, 책임도 스스로 져야 하는데 "그럼요! 덕업일치 너무 좋죠!" 하고 쉽게 말할 수는 없는 노릇이다. 우리는 잘하는 것보다 재밌는 것, 하고 싶은 것을 하는 게 중요하다고 생각했다. 포기해야 하는 게 별로 없었기 때문에 시도가 쉬웠는지도 모른다. 맨땅에 헤딩을 해도 좋다는 생각으로 여행을 떠났고 어쩌다 보니 덕업일치를 이루었지만, 운이 정말 좋았다. 우리가 여행을 떠났던 2014년까지만 해도 세계 여행을 떠나는 부부가 그리 많지 않았고, 콘텐츠 크리에이터도 지금처럼 흔하지는 않았으니까.

먹고사는 일은 중요하다. 하고 싶은 일을 하겠다고 당장에 모든 것을 때려치우는 것만이 답은 아니다. 매달 일정하게 들어오는 월급이 좋아하는 일을 마음 편히 즐길 수 있도록 도와주기도 하니까. 디지털 노마드의 삶 역시 누구에게나 좋을 거라고 생각하지 않는다. 안정적인 환경에서 편안함을 느끼는 사람이 있을 것이고, 새로운 환경에서 받는 외부 자극이 영감이 되는 사람도 있을 것이다. 모두가 각자에게 맞는 방식으로 일을 하고, 여행을 하고, 살아가면 된다.

좋아하는 일을 그냥 좋아하는 것으로 남겨둘 것인지, 덕업일치를 끝내 이루어낼 것인지는 결국 내 선택에 달려있다. 그러니 내 마음이 정말 원하는 것이 무엇인지 들여다보며 하고 싶은 일을 손에 꼬옥 쥐고 있다가, 선택해야 하는 순간이 왔을 때 가고자 하는 방향을 정하면 되지 않을까? 혹시 가다가 이 길이 아닌 것 같다 싶으면 그때 가서 다른 길을 찾아도 늦지 않을 것이다. 돌아오든 다른 방향으로 가든 또 다른 선택지가 있을 테고, 경험이 쌓이는 만큼 방향 감각도 생기니까. 그러다 보면 시간이 조금 걸리더라도 결국은 원하는 곳에 닿을 수 있을 거라 믿는다.

노는 게 일이라 좋다. 그곳이 뉴욕이든 런던London이든 스톡홀름Stockholm이든 앞으로도 가고 싶은 곳에서 원하는 만큼 머물며 여행할 수 있길 바라본다. 노마드의 삶을 지속하기 위해, 오늘도 열심히 놀고 열심히 일합니다.

감사한 마음으로 놀고 여행하기, 푸켓의 풀빌라에서

마감은 내 친구

하루를 마치고 숙소로 돌아와 업무 리스트를 정리했다. 할 일이 쌓여있는 것을 보니 머리가 복잡해 한참을 들여다보다가 마감이 가장 가까운 일부터 차근차근 해나가기로 했다. 내 기억력은 좋은 편이 아니어서 항상 "자기야 그거 뭐였지? 그거 있잖아"를 달고 산다. 자주 깜빡깜빡 잊어버리다 보니 메모를 열심히 하고, 중요한 일정은 달력에 꼭 표시해 둔다. 스케줄은 한 달 단위로 넓고 길게 보는데, 항상 여행 중이라 일상에 변수가 유난히 많기 때문이다. 도시 간 이동을 한다거나 취재 같은 특별한 일정이 있는 날은 다른 일을 거의 하지 못하고 일기 정도만 간신히 쓴다. 또 날씨가 화창하고 놀기 좋은 날이면 우리가 하고 싶은 여행도 해야 하니까, 하루를 쪼개고 쪼개서 일할 수 있는 시간을 어떻게든 만들어낸다. 일정하지 않은 상황에서 마감을 지키기가 쉽지 않기 때문에 매일 해야 할 일의 할당량을 정해놓는 것이다.

무슨 일이 있어도 일을 마쳐야 하는 시간을 데드라인Deadline이라고 한다. 미국의 남북전쟁 당시 수용소 주변 울타리를 넘어 탈출하려는 포로들을 그 자리에서 사살했던 것에서 유래된 말이다. 죽음의 선이라니, 무서운 말이 아닐 수 없다. 하지만 야간버스를 타든 공항 노숙을 하든 새벽에 시작해 밤늦게 끝나는 투어를 하고 파김치가 되어 숙소에 돌아왔든 마감은 해야 한다. 몸이 녹초가 되었다고 해도 마감이 없어지진 않는다. 그 자리에 서서 나를 노려보고 있다. 그러니 마감에 쫓기지 않기 위해서는 미리미리 하는 것밖에는 방법이 없다. 마감의 스트레스에 짓눌리지 않고 일상을 지키기 위해서는 일을 쪼개고 쪼개 매일 조금씩 해두어야 한다. 마감 직전에 벼락치기 하듯 밤을 새우거나 일을 몰아서 한다면 머리카락이 빠지거나 하얗게 새치가 생기고 말 테니까.

이메일이 왔길래 열어보니 여행사의 협업 요청 건이었다. 마감이 촉박한 대신 원고료가 많았다. 다른 일정이 틀어질까 봐 마감이 촉박한 일을 받는 경우는 드물지만, 그럼에도 수락할 때가 가끔 있다. 지금 당장 해야 하는 급한 일이 없을 때, 일이 흥미로워서 하고 싶은 마음이 들 때, 그리고 원고료가 많을 때. 글을 쓰게 만드는 원동력은 독자, 마감, 원고료라는 말이 있던데 그중 가장 힘이 센 건 원고료일 수도 있겠다고 생각하며 답장을 써 내려갔다. 그렇게 마감이 하나 더 늘었다. 그리고 나는 지금 또 하나의 마감을 앞두고 있다. 현재 쓰고 있는 원고의 마감이다. 정말 이상하게도 마감을 앞두면 글쓰기를 제외한 세상 모든 게 다 재밌고, '지금 이러고 있을 때가 아닌데…' 하면서도 딴짓을 하고, 오늘은 정말 많이 쓰겠다고 다짐을 해놓고도 몇 줄도 제대로 쓰지 못하는 날이 많다. 마감을 앞두고는 뭘 해도 부담스럽고 찜찜한 기분이 들어서, 홀가분하게 쓰고 마음 편히 놀고 싶다는 생각도 든다. 당연한 말이지만 마감을 끝내려면 결국 마감을 해내야 하므로, 할 수 있다고 생각하면서 오늘도 써 내려가는 것밖에는 방법이 없다.

힘들지만 해내고 나면 더할 나위 없이 뿌듯하다. 마감을 잘 해내어 글값이 통장에 찍힌 것을 볼 때마다 벅찬 기분이 든다. 어딘가에 속해 있지 않고도 지금까지 먹고살고 있다는 것, 작은 성취를 계속해서 이루어내는 과정이 즐겁고 신난다. 마감이 있어 집중할 수 있고, 마무리할 수 있고, 결과물이 세상에 나올 수 있다. 물론 기껏 써놓은 글이 마음에 들지 않을 때도 있고 아쉬울 때도 많지만, 그건 어쩔 수 없는 일이라 생각한다. 다듬고 다

듣는다는 핑계로 품 안에 끌어안고 있다고 해서 완벽하게 마음에 드는 날이 오진 않을 것이다. 그저 다음엔 더 잘해봐야지, 하는 마음으로 마무리한다. 끝을 내야 새롭게 시작도 할 수 있는 법이니까. 그리고 조금 더 나은 다음을 기대해본다.

'마감'이라는 단어를 들으면 여전히 숨이 턱 막히고, 체할 것 같은 기분이 든다. 하지만 어차피 계속 함께해야 하는 사이라면, 조금 예쁘게 보기로 생각을 바꿔본다. 일을 끝내게 도와주는 고마운 내 친구. 이렇게 생각하고 나니 마음이 조금은 편해진다.

ASIA
LIFE
เอเชียนไลฟ์
CHIANGMAI
CADET

디지털 노마드가 뭐길래

며칠 전 스팸 문자가 하나 왔다. 만 원으로 천만 원을 만들 수 있다는 내용이었다. 만 원으로 천만 원을 만들 수 있으면 본인이나 많이 해서 부자가 될 것이지, 왜 모르는 사람을 꼬드기는 걸까 생각하며 차단 버튼을 살포시 눌렀다.

"디지털 노마드 월 천만 원 버는 방법!"

'디지털 노마드'라는 키워드로 검색을 하면 '월 천만 원'이라는 문구가 같이 따라붙는다. 마치 궁극의 비기라도 되는 것처럼, 이건 정말 비밀인데 너한테만 알려주는 거야 속닥속닥하며 사람들을 현혹하는 모습이 '만 원으로 천만 원 만들기!' 스팸 문자와 다를 바 없이 느껴진다. 물론 그중에는 귀담아들을 만한 훌륭한 내용도 있을 것이다. 정말 그대로 따라 하고 운까지 좋아서 월 천만 원, 아니 그 이상을 벌게 된 사람도 있을 수 있겠지만 각자가 처한 상황이 다르고 우리를 둘러싼 상황도 계속해서 변하고 있으니 말처럼 쉽지는 않은 일이다. 그렇게 누구나 간단히 큰돈을 벌 수 있다면 우리 모두 이미 부자가 되지 않았을까?

사실 사람들이 '디지털 노마드'라는 단어에서 떠올리는 이미지는 현실과 거리가 멀다. 대부분의 사람은 디지털 노마드의 일보다는 그 외의 모습에 더 많은 관심을 보인다. 나는 따뜻한 나라의 해변에서 맥주 한 잔과 함께 노트북을 펼쳐 놓고 찍은 사진을 볼 때마다 생각한다. '바닷바람이 전자기기에 얼마나 해로운데!' 일하는 장면보다는 한가한 장면들이 강조되다 보니, 디지털 노마드에 대한 환상은 점점 커진다. 디지털 노마드만 되면 세상이 아름다워질 것 같다. 정말 그럴까?

'어디서든' 일합니다

디지털 노마드의 가장 큰 장점은 '어디서든 일할 수 있다'라는 것이다. 디지털 노마드들에게 인기 있는 도시에는 노트북으로 작업하기 좋은 카페나 코워킹 스페이스가 많다. 일하기 위한 최소한의 환경을 갖춘 그곳에서 편안한 복장으로 노트북을 펴 놓고 열심히 일하는 디지털 노마드들의 모습을 쉽게 볼 수 있다. 하지만 느린 인터넷 환경, 높낮이가 맞지 않는 의자와 테이블,

: 신호가 터지는 곳을 찾아 마감을 해낸 순례자 숙소
: 공항 노숙, 몰타 공항의 24시간 카페에서

부족한 콘센트, 주변 소음 등 집중을 방해하는 것들은 너무나도 많다. 에어비앤비로 한 달 이상 머무는 숙소를 예약할 때면 항상 호스트에게 메시지를 보내 인터넷 속도를 미리 확인한다. 예전보다 나아졌다고는 해도, 여전히 업로드는 속이 터질 만큼 느린 곳이 많다. 이메일로 파일을 전송해야 한다거나 사진이나 영상을 올릴 때마다 인내심이 필요하다.

산티아고 순례길을 걷는 한 달이 넘는 시간 동안, 매일 저녁

집중해서 일하는 디지털 노마드, 코워킹 스페이스의 모습

순례자 숙소의 공용 공간에서 컴퓨터 작업을 했다. 순례길을 걷기 전에 할 수 있는 일을 미리 해두고 급하지 않은 일은 다 걷고 난 뒤에 하기로 여러 협업사에 양해를 구한 상황이라 조금은 수월했지만, 그럼에도 가끔은 급하게 해야 하는 일들이 있었다. 통신 신호를 잡기 위해 광장 벤치에 앉아 스마트폰 선불 유심칩의 데이터를 테더링해 원고를 이메일로 보낸 적도 있고, 언젠가는 야간버스를 타려고 기다리던 버스 회사 한쪽 구석에서 배낭 위에 걸터앉아 노트북을 켠 적도 있다. 노트북을 꺼내면 그곳이 어디든 사무실이 된다. '어디서든 일할 수 있다'라는 것은 '어떤 상황에서든 일하게 될 수 있다'라는 것을 뜻하기도 한다. 어쩌면 디지털 노마드에게 가장 필요한 것은 어떤 상황이나 환경에도 쉽게 잘 적응하고 집중하는 능력일지 모른다.

혼자 일하는 것에 대하여

프리랜서나 디지털 노마드를 꿈꾸는 사람 중 대부분이 조직생활이 힘들어 혼자 일하고 싶다고 말한다. 하지만 일이라는 게 항상 그렇듯, 혼자서 되는 것은 거의 없다. 상대적으로 대면하는 일이 적고 대부분의 일을 이메일로 소통하며 진행하긴 하지만, 가끔은 싫은 소리도 해야 하고 못 받은 돈도 챙겨 받아야 한다. 스스로 챙기지 않으면 아무도 챙겨주지 않으니까.

시간 관리의 어려움

출퇴근 시간이 정해져 있지 않다 보니 상황에 따라 유동적으로 스케줄을 조절할 수 있고, 일하기 싫거나 컨디션이 좋지 않은 날은 쉴 수도 있다. 하지만 시간 관리를 제대로 하지 못하면 이도 저도 아닌 하루를 보내기 쉽다. 프리랜서에게 가장 중요한 것은 시간을 잘 쓰는 능력이다. 출퇴근도, 나에게 일을 강제하는 사람도 없지만 스스로 규칙을 세워 시간을 알차게 쓰는 능력. 밀도 있는 하루를 보내기 위해서는 일 모드와 휴식 모드를 자유자재로 전환할 수 있어야 한다.

있을 때도 있고 없을 때도 있는, 일

먹고사는 문제가 끼면 단순히 좋아하는 것만으로는 부족하다. 수익을 창출하기 위해서는 가치 있는 결과물을 만들어내야 하므로 당연히 열심히 일해야 한다. 열심히 한다고, 잘한다고 해서 반드시 수익으로 이어지는 것도 아니다. 일에는 여러 가지 변수들이 있어서 프로젝트가 실패하거나, 일은 했는데 제대로 돈을 받지 못한다거나, 어느 날 갑자기 뚝 끊길 수도 있으니까. 이번 달 수입이 좋았다고 해서 다음 달 역시 좋으리란 보장도 없다.

회사의 울타리에서 벗어나면 현실적인 문제들이 줄을 서서 기다리고 있다. 소속이 없으니 4대 보험의 혜택도 받을 수 없고,

치앙마이 단골 카페에서

대출도 어렵다. 매달 정해진 날짜에 들어오던 수입이 뚝 끊겨도, 보험료와 각종 공과금 등은 정확한 날짜에 통장에서 쏙쏙 빠져나간다. 막연한 환상만으로 디지털 노마드 생활을 시작했다가 줄어드는 통장 잔고에 불안하고 조급해져 채용사이트를 들락거리는 사람들을 여러 번 보았다. 정말 이렇게 일하는 방식이 나에게 맞는지 알고 싶다면, 당분간 버틸 수 있는 통장 잔고부터 준비하길 권한다.

더 나은 환경에서 주체적으로 일하고 싶은 마음은 디지털 노마드에 대한 환상으로 이어진다. 하지만 모든 일이 그렇듯 좋은 면이 있다면 그렇지 않은 부분도 있게 마련이다. 디지털 노마드의 삶은 로망일 수 있지만, 밥벌이는 현실이다. 물론 삶의 방식은 다양하고 일하는 방식 역시 다양하며 우리는 모두 달라서 누구에게나 딱 들어맞는 정답이란 없을 것이다.

디지털 노마드가 되고 싶다는 마음보다 내가 정말 하고 싶은 일이 무엇인지에 대한 고민이 먼저가 되어야 하지 않을까. 그러니 일단 어떤 일을 하고 싶은지 곰곰이 생각해보고, 단 며칠이라도 디지털 노마드처럼 지내는 경험을 해볼 것. 정말 원한다면 가벼운 시도 정도는 해볼 수 있을 것이다. 당장 수익이 발생하지 않더라도, 꼭 먼 해외로 떠나지 않더라도, 조직에 기대지 않고 내가 살아갈 수 있는 사람인지 실험해보는 시간은 그 자체로 의미가 있을 테니까.

적게 일하고 많이 벌면 좋겠지만

2020년의 시작을 며칠 앞둔 연말, 태국 방콕에서 세계 여행하는 다른 부부들과 재회했다. 한 부부는 구매대행 일을, 다른 부부는 디자인 일을 하며 여행하고 있었는데 어쩌다 보니 일정이 맞아 방콕에서 만나게 된 것이다. 전에도 만났던 적이 있는 사이여서 모두가 익숙한 얼굴이었다. 우리는 코리안 바비큐 레스토랑에서 삼겹살을 구워 먹고, 근처에 있는 근사한 카페에서 커피를 한 잔씩 마시고, 한국식 빙수 가게에서 무려 인절미 빙수를 먹은 뒤, 쇼핑몰에서의 저녁 식사까지 자리를 네 번이나 옮기며 밀린 이야기를 온종일 풀어놓았다.

"올해는 방콕에서 새해를 맞겠네요. 따뜻한 겨울이라니 참 좋아요."

"맞아요. 우리 내년에도 재밌게 보내요. 새해엔 적게 일하고 많이 벌어요!"

갑자기 부자가 되는 것은 불가능하니, 일은 적게 하되 돈은 많이 벌라는 말이 프리랜서에게는 가장 큰 덕담이고 새해 인사라는 생각이 들었다. 그래요, 우리 적게 일하고 많이 벌어요.

지난 1년을 마무리하고 새로운 1년을 맞이하는 시기. 우리 부부는 얼마 지나지 않아 코로나라는 끈질긴 역병이 올 거라고는 꿈에도 생각하지 못한 채 신년 계획을 세우고 있었다. 적게 일하고 많이 벌려면 어떻게 해야 할까 곰곰이 생각해보았다. 적게 일하려면 한정된 시간에 밀도 있게 일을 해내어 일하는 시간을 줄여야 하고, 많이 벌려면 나의 가치를 높여 엄청난 결과물을 내놓거나 시스템을 만들어야 한다는 결론이 났다. 한꺼번에 둘 다 이루기는 쉽지 않네. 역시 적게 일하고 적게 벌든지, 많이 일하고 많이 벌든지(많이 일하고 적게 버는 최악의 경우도 물론 있다) 둘 중 하나밖엔 답이 없는 것인가….

그즈음 인터넷 뉴스를 보다가 우연히 기사 하나를 발견했다. 외국 인플루언서 중에 인스타그램에 사진 한 장을 올리면 최소 300만 원(최소라니!)을 버는 커플이 있다는 내용이었다. 이 사람들이야말로 적게 일하고 많이 버는구나! 부러운 마음에 기사를 읽어 내려가다가 문득 조금 다른 생각이 들었다. '사진 한 장에 300만 원이 되기까지 계정을 얼마나 열심히 키웠을까, 사람들을 확 끌어당기는 한 컷을 찍는 게 쉽지만은 않을 텐데', '저 한 장을 얻기 위해 몇 번의 셔터를 눌렀을까, 수십 번? 수백 번? 한 장 보정에도 몇 시간씩 공을 들이겠지?', '어울리는 옷과 소품도 고심해서 선택했을 거야, 몸매 관리도 해야 하니까 평소에 운동도 꾸준히 하겠지?' 막연히 가졌던 '부럽다'는 마음도 잠시, '대단하다'로 생각이 이어졌다.

요즘엔 곧잘 연예인들 회당 출연료가 얼마네, 광고비가 얼마네, 유명 유튜버들이 한 달에 얼마를 버네, 같은 이슈들이 떠돈다. 다들 쉽게 돈을 버는 것 같고 나만 힘든 것 같다. '나도 유튜브나 해볼까? 아니면 인플루언서나 되어볼까? 책이나 써볼까?' 하는 생각이 들게 마련이다. 그러다 정말 해보면 그제야 알게 된다. 세상에 쉬운 것은 하나도 없다. 영상 편집을 하는 일은 하루 종일 걸린다. 인스타그램 팔로워를 늘리는 것 역시 어렵다. 책 한 권 만드는 데에 들어가는 에너지도 만만치 않다. 누구나 내가 하는 일이 제일 힘들다. 남이 하는 일은 상대적으로 쉬워 보이지만, 해보면 역시 세상에 쉬운 것 하나 없다.

적게 일하고 싶은 이유는 시간을 벌고 싶기 때문이었다. 일을 할 수 있는 데 물론 감사하고 나는 일을 사랑하지만, 그것이 전부는 아니니까. 빈틈을 많이 만들어서 또 다른 좋아하는 것들로 채우고 다양한 것들을 시도해보고 싶었다. 많이 벌고 싶은 이유는 선택의 폭을 넓히고 싶기 때문이었다. 모든 디지털 노마드가 세계 여행을 하는 것은 아니지만 우리는 계속 여행을 하고 싶었다. 대부분은 가보고 싶은 곳이나 생활 환경이 나은 곳, 여유롭게 지낼 수 있는 곳, 물가가 저렴해 부담스럽지 않은 곳 등을 선택해 머물며 일을 한다. 정말 그곳이 좋고 더 즐거운 생활을 할 수 있어서 머무는 일도 있지만, 저렴한 물가가 아니면 생활을 할 수 없으므로 물가가 저렴한 곳만을 찾아서 머무는 사람들도 있다. 우리는 생활 물가와 상관없이 어디든 좋아하는 곳에서 얼마든지 머물며 일하고 싶었다. 이왕이면 선택지가 다양하길 바란다.

하루아침에 적게 일하고 많이 버는 사람이 될 수는 없을 것이다. 무대 위 화려한 모습 뒤에는 밤새도록 연습하고 자기관리에 시간을 쏟는 스타가 있고, 엄청난 베스트셀러를 써낸 유명 작가도 매일 쓰고 지우고 다시 쓰는 과정을 지나온다. 4년에 한 번뿐인 올림픽을 위해 국가대표 선수들은 몇 년간 피나는 연습을 한다. 우리가 볼 수 있는 것은 결과뿐이어서, 그들이 스스로의 가치를 그만큼 높이기까지 거쳐온 지난한 과정과 노력은 잘 보이지 않는다. 성취와 뿌듯함을 위한 과정 대부분은 하기 싫고 힘들고 어려운 것들로 이루어져 있다는 것을 알기에 어떤 분야에서 최고가 된 사람들을 보면 얼마나 많이 노력했을까 싶어 절로 숙연해진다. 그렇게 되기까지 보이지 않는 힘든 날이 셀 수 없이 있었겠지. 대단하다고 생각할 수밖에 없다.

일을 처음 시작했을 때와 비교하면 원고료도, 강사료도, 콘텐츠료도 많이 올랐지만, 항상 우리가 만드는 콘텐츠의 가치에 대해 생각한다. 그리고 아무리 생각해봐도 결국 내가 할 수 있는 것은 성실하게 쌓아 올리고 꾸준히 노력하는 것뿐이다. '꾸준히' 밖에 답이 없는 다이어트나 공부처럼. 조급한 다이어트는 요요를 부르고, 벼락치기로 얻은 지식은 금세 휘발되니까 계단 한 개를 놓더라도 단단하게 무너지지 않도록 쌓아보기로 한다. 나를 믿고 내 콘텐츠를 믿고 더 나은 결과물을 내기 위해 계속해서 노력할 것이다. 지속 가능한 생활을 위해. 적게 일해도 많이 버는 사람이 되기 위해서.

밥벌이의 고단함

돈에 대해 부정적으로 생각할 때가 있었다. 돈 얘기를 하는 것은 뭐랄까, 좀 속물처럼 느껴진다고 해야 할까. 정확히는, 상대방이 나를 돈만 밝히는 속물처럼 볼 것 같았다. 그래서 일을 시작했던 초창기에는 그저 일이 들어오는 것만으로도 감사한 마음에, 돈에 대해서는 묻지도 따지지도 않고 진행할 때가 많았다. 그러다 보니 제대로 된 보수를 받지 못하는 경우도 생겼고, 괜히 한다고 했나 후회할 때도 있었다. 보통 협업 요청 건은 이메일로 연락이 오는데, 그중의 절반 이상은 돈 얘기가 쏙 빠져있다. 일에 대한 모든 내용을 명확하고 간결하게 알려주면 얼마나 좋을까 싶지만, 그렇지 않은 곳들이 생각보다 많다. 제안의 의도

나 목적이 전부 다 괜찮은 것 같은데 돈 얘기가 빠져있을 때마다 고민했다. '답장하려면 뭐라고 해야 할까? 그래서 돈은 얼마나 주시는 거냐고 물어볼 수도 없고, 처음부터 알려주면 좋잖아….' 그렇게 물어볼까 말까 한참을 고민하다가 결국 답장을 못 한 적도 많았다. 돈만 밝히는 속물처럼 보일까 봐.

또 이럴 때도 있다. 일을 끝낸 지 한참이 지났는데 아무리 기다려도 통장에 입금이 되질 않는 것이다. '조금 미뤄졌나 보네, 기다려보지 뭐' 하고 아무리 기다려봐도 감감무소식이다. 말을 안 하면 아무래도 안 줄 것 같다. 그제야 우물쭈물 메일을 쓴다. 당연히 받아야 하는 돈에 대해 말하는 것인데도 어쩐지 독촉하는 것 같아 마음이 쓰인다. 그런 경우 보통은 담당자가 깜빡했거나, 실수로 누락되었거나, 내부 사정으로 일정이 미뤄졌거나 셋 중 하나였다.

이래서야 무슨 일을 하나 싶었던 나인데, 벌써 몇 년째 디지털 노마드 프리랜서로 살면서 다양한 곳과 일하다 보니 전보다는 돈 이야기가 수월해졌다. 일단 돈에 대한 생각이 조금 바뀌었다. 더는 돈을 부정적으로 생각하지 않게 되었다. 돈이 많아야만 행복하다고 할 수는 없어도, 돈은 다양한 선택을 할 수 있도록 도와주는 고마운 존재다. 돈이 된다고 어떤 일이든 다 하는 것은 결코 아니지만, 어쨌든 일에서는 보수가 중요하다. 그 부분을 뭉뚱그려서 대충 얼버무리면 나중에 반드시 문제가 생기므로 처음부터 명확하게 이야기해야 한다는 기준이 생겼다. 만약 서로가 생각하는 금액이 다르다면 조율하는 과정을 거치고, 그래도 견해차가 있다면 일이 성사되지 않을 수도 있다. 어쩔 수 없는 일이다. 아무리 생각해봐도 하는 일에 비해 너무 적은 금액을 제시해오면 정중하게 거절할 줄 알게 되었고, 무리한 일정을 요구할 때는 양해를 구하고 조절할 줄도 알게 되었다. 입금이 원래 일정보다 늦어질 때도 우물쭈물하지 않고 이메일을 보낸다. 이런 과정을 거치면 상호 간에 깔끔하고 군더더기가 없다. 일은 그래야 한다. 내 시간과 노동력은 소중하니까. 일한 것에 대한 정당한 대가를 받는 것이 옳다고 지금의 나는 생각한다.

여행은 소비. 즉, 돈을 쓰는 행위의 집합체다. 여행하며 나가는 교통비, 식비, 입장료를 비롯한 다양한 지출이 가계부에 차곡차곡 적힌다. 경험은 우리를 먹여 살리므로 그동안 많은 경험을 돈으로 샀다. 바티칸의 시스티나 성당 천장에 그려진 미켈란젤로의 천장화(우리에겐 '천지창조'라는 이름으로 익숙하다), 파리 오랑주리 미술관에 걸린 모네의 수련 연작 모두 입장료를 내고 들어가야만 볼 수 있다. 스위스를 여행하려면 스위스패스를 사서 기차를 타거나 자동차를 빌려 직접 운전을 해야 도시를 이동할 수 있다. 어디서 뭐라도 먹으려면(레스토랑은 고사하고, 그것이 하다못해 슈퍼에서 파는 바게트라고 해도) 돈이 든다.

그림 같은 스위스의 풍경. 물가가 비싸다는 것만 빼면 완벽한 여행지

모든 경험이 돈이 있어야만 가능한 것은 아니지만, 어디서든 생활을 위한 최소한의 돈은 필요하다. 이때 약간의 여윳돈만 있어도 선택의 폭이 조금 더 넓어지며 조금이라도 더 다양한 경험을 할 수 있다. 그건 꼭 여행에서뿐만 아니라 일상에서도 마찬가지다. 울적한 날 맛있는 걸 사 먹으려고 해도 돈이 들고, 기분 전환을 위해 미용실에 가서 머리를 하려고 해도 돈이 든다. 넘치도록 많은 돈을 바라지는 않지만, 어떤 상황에서든 선택지가 다양하기를 바란다. 배우고 싶은 것을 배울 때 부담스럽지 않았으면 좋겠고, 보고 싶은 공연을 볼 수 있었으면 좋겠고, 내 사람들에

게 언제든 기꺼이 마음을 쓸 수 있었으면 좋겠다. 딱 그 정도의 돈을 꾸준히 벌고 싶다는 생각을 한다.

밥벌이란 '먹고살기 위해서 하는 일'을 뜻한다. 밥벌이가 고단한 것은 주어진 일을 잘해야 한다는 책임감, 그 일을 잘 해내야 돈을 벌 수 있다는 부담감에서 오는 것 같다. 불편하지만 돈 이야기를 해야 하고, 받지 못한 돈을 받아내야 하고, 그렇게 번 돈으로 나를 먹여 살려야 하니까. 어쩌면 결국 돈 때문에 밥벌이는 고단해지는 것이 아닐까. 하지만 먹고사는 일은 숭고하며, 일해서 스스로를 책임지는 건 분명 멋진 일이다. 그러니 돈에 끌려가지 않으면서도 어떻게 하면 잘 벌고 쓸 수 있을지 생각해봐야 한다. '무조건 많이 벌수록 좋아!'가 아니라 내가 바라는 삶의 모습에서 어느 정도의 돈이 필요한지 고민해보고, 현명하게 소비하기 위해 노력하는 자세가 필요하다.

오로지 돈을 목적으로 하는 삶은 경계해야겠지만, 돈은 행복을 위해 어느 정도는 필요한 수단이다. 그래서 이제는 돈에 대해 말하는 것이 속물처럼 느껴지지 않는다. 돈은 중요하니까. 내 시간과 에너지를 들여 번 돈은 소중하니까. 즐겁게 밥벌이하여 이왕이면 좋은 쌀로 지은 밥을 먹고, 다양한 반찬도 먹을 것이다. 맛있는 건 가끔 주변 사람들과 나눠 먹기도 하면서.

잘하고 싶은 마음

벌써 한참을 책상 앞에 앉아있었지만, 하얀 바탕에 까만 커서만 깜빡이고 있다.

'써야 하는데….'

'이제 진짜 써야 하는데….'

'잘 써야 하는데….'

잘하려고 애쓰지만, 마음만큼 되지 않을 때가 있다. 아니, 사실 거의 대부분의 날들이 그렇다. 머릿속을 맴돌고 있는 생각의 조각들을 차분하게 잘 정리해서 술술 풀어내고 싶은데 마음처럼 쉽지가 않다. 글쓰기는 종종 괴롭다. 실은 글을 잘 쓰지 못하는 내가 괴로운 것에 가깝다. 나는 쓰는 쪽으로는 영 재주가 없는 게 아닐까, 한 줄 적는 게 왜 이렇게나 힘들지, 내가 뭐라고 책이라는 걸 써도 되는 걸까, 괜한 글을 써서 귀한 나무나 베어내는 건 아닐까, 누군가 내 글을 찾아서 읽어주긴 할까. 나 말고 다른 사람들은 책 한 권을 뚝딱뚝딱 내는 것만 같다. 1년에 몇 권씩 내는 사람을 보면 놀랍다. 어떻게 다들 그렇게 빨리 글을 쓰는 걸까? 모두가 잘하고 있는 것 같은데 나만 쪼그라드는 기분이다. 주눅이 든다. 괜히 쓴다고 했을까, 오만 가지 잡생각이 다 든다. 땅굴을 파고 또 판다.

이 모든 것은 '잘하고 싶은 마음'에서 비롯되었다. 되고 싶은 나는 저만큼 높은 곳에 있는데 내 실력은 그에 너무나도 못 미쳐서 답답한 마음. 열심히 하면 되겠지 싶어 책상 앞에 앉아있어도 글이 술술 써지지는 않는다. 글은 엉덩이로 쓴다는데, 타자 치는 시간보다 모니터를 멍하니 쳐다보고 있는 시간이 훨씬 더 많다. 글 잘 쓰는 방법으로 '힘 빼고 가볍게'를 많이들 얘기한다. 그런데 잘하고 싶은 마음에 자꾸만 힘이 들어간다. 힘을 잔뜩 주고 쓴 글이 좋을 리 없다. 자연스럽지가 않다. 나답지가 않다. 다시 땅굴을 판다.

잘하고 싶은 마음, 일에 대한 욕심은 나를 앞으로 나아가게도 하지만 한편으로는 스스로를 괴롭힌다. '잘하고 싶은데 왜 안될까, 나는 왜 이 모양일까' 하는 생각은 곧 슬럼프로 이어진다. 처음엔 자존감이 떨어지고, 그다음엔 일이고 뭐고 다 하기 싫어진다. 이럴 때 필요한 건 기분 전환. 소중한 지인이자 다정한 수다메이트에게 SOS를 쳤다. 글이 안 써진다고, 일하기 싫다고 투덜대자 그녀가 말했다.

"잘하고 싶은 마음은 마치 고슴도치 같아요. 뾰족해져서 종종 괴롭기 때문에 살살 안고 가야 해요. 저는 요즘 잘하고 싶은 마음만큼 행동하지는 않는 것 같아서 자책을 많이 해요. 그러다 문득 잘하려고 하지 않을 때가 가장 잘할 때라는 생각이 들었어요. 잘해야겠다는 압박에서 자유로울 때, 그제야 정말 잘하게 되는 것 같다는 생각을 해봤어요. 그러니까 애쓴다고 해서 잘하게 되는 건 아닌 것 같아요. 대신 요즘은 뭐라도 하자는 생각을 해요. 그냥 뭐라도 하자."

삶에서는 누군가의 인정이 중요하지 않지만, 일에서는 나의 가치를 증명하고 브랜드를 키우는 것이 중요하다. 나는 팔리는 사람인가, 누군가에게 긍정적인 영향을 주는 사람인가, 작은 영감이라도 줄 수 있는 사람인가 고민하고 나아지기 위해 노력한다. 이 책을 읽는 시간이 독자들에게 조금이나마 의미 있길 바라고, 이왕이면 책이 잘 팔려서 출판사에도 도움이 되길 바란다. 모두에게 좋은 결과로 돌아왔으면 좋겠다. 모두가 잘 먹고 잘 살았으면 좋겠다. 그래서 잘하고 싶은데, 너무 잘하려다 보니 오히려 압박감과 부담감이 생기는 것이다. 애쓴다고 해서 잘하게 되는 건 아닌데도.

이미 너무 유명해 SNS에서 쉽게 볼 수 있는 캡처 사진이 있다. 김연아 선수를 다룬 다큐멘터리의 한 장면이다. 김연아 선수가 스트레칭을 하자 감독이 묻는다.

"스트레칭을 할 때 무슨 생각을 하세요?"

김연아 선수는 대답한다.

"무슨 생각을 해, 그냥 하는 거지."

잘하고 싶은 마음을 내려놓고, 일단 그냥 하기로 마음먹어 본다. 내가 무언가를 하든 하지 않든 시간은 계속 가니까, 그 시간에 뭐라도 하는 편이 낫겠지. 잘하는 것은 나중 문제고, 일단 하는 게 먼저일 테니까. 어쨌든 내가 만들 수 있는 것은 과정뿐이니, 뭐라도 계속하다 보면 경험치가 쌓여 더 나은 내가 되겠지. 어제보다는 조금이라도 더 나은 나, 어제보다는 조금이라도 더 잘하는 내가 되겠지. 그러다 결국은 어딘가에 가닿을 수 있겠지 하고 짐작해본다.

요즘은 땅굴을 파는 시간이 너무 길어지지 않도록 한다. 스스로를 다독이고 구슬리며 조금씩 앞으로 나아간다. 단 한 줄이라도 쓴 나에게 칭찬을 충분히 해준다. 다듬고 다듬어 나가다 보면 제법 괜찮아질지도 모른다는 것을 믿어보려 한다. 비록 지금은 머리를 쥐어뜯고 있지만, 교정에 교정을 거쳐 멋진 제목과 표지를 달고 서점에 예쁘게 누워있을 내 책을 상상한다. 흐뭇한 얼굴을 하고 책을 내려다보며 애정을 담아 쓰다듬는 상상을 해본다. 은유 작가는 『글쓰기의 최전선』(메멘토, 2015)에서 이렇게 말했다.

"이 세상에는 나보다 학식이 높은 사람, 문장력이 탁월한 사람, 감각이 섬세한 사람, 지구력이 강한 사람 등 '글을 잘 쓰는 사람'이 많고도 많다. 그런 생각을 하면 기운이 빠진다. 이미 훌륭한 글이 넘치므로 나는 글을 써야 할 이유가 없다. 그런데 내 삶과 같은 조건에 놓인 사람, 나와 똑같은 생각을 하는 사람, 나의 절실함을 대신할 수 있는 사람은 아무도 없다. 내가 쓸 수 있는 글은 나만 쓸 수 있다고 생각하면 또 기운이 난다. 글을 써야 하는 이유다."

그러니 오늘도 쓴다. 땅굴을 파고 계속 들어가 봐야 맨틀밖에 더 나올까. 그럴 시간에 뭐라도 한 자 더 쓰는 게 나을 거라고 믿는다.

달력을 확인해보았다. 초청으로 다녀온 베트남 다낭 리조트의 객실, 레스토랑, 부대시설 등에 대한 소개 및 후기를 나눠서 올려야 했다. 2주에 한 번 포털 사이트 여행 메인 섹션에 연재되는 글을 작성해 보내야 하고, 잡지에 실릴 여행기의 마감일도 코앞이었다. 취재 일정을 확인해보니 협업하는 현지 여행사에서 진행하는 투어 몇 개가 예정되어 있었고, 우리가 직접 짠 일정으로 3박 5일간 여러 사람과 치앙마이를 함께 여행하는 콘셉트 투어의 날짜도 가까워지고 있었다. 이런 와중에 블로그 글도 매일 올리고 있었으니, 부지런했던 과거의 나여….

한창 일이 많아 유난히 바빴던 시기, 찾아주는 곳이 있다는 것에 감사하며 하루하루에 최선을 다해 열심히 여행하고 열심히 일했다. '물 들어올 때 노 저으라'라는 말이 마치 우리한테 하는 말처럼 들렸다. 일이 있을 땐 있다가도 없을 땐 언제까지 없을지 알 수 없으니 그렇다면 있을 때 많이 해놔야 하는 게 아닌가 싶은 마음이었다. 다른 디지털 노마드들과 여행작가들은 훨씬 더 바빠 보이고 더 많은 일을 척척 해내는 것 같아서 그래, 이 정도쯤이야 나도 할 수 있을 거라며 욕심을 부렸다. 좋아서 하는 일이라 힘든 것보다는 기쁘고 감사한 마음이 컸지만, 가끔 24시간이 부족하게 느껴질 때면 일에 끌려가는 기분이 들기도 했다. 나는 어쩌자고 이렇게 일을 많이 벌여놓았을까. 하루가 36시간이면 얼마나 좋을까?

어느 순간 능력치의 한계가 느껴졌다. 나는 한꺼번에 그렇게 많은 일을 해낼 수 있는 사람이 아니었다. 분명 바쁘긴 한데 눈에 보이는 결과물은 적었고 심지어 마음에 들지 않았다. 해야 할 일은 잔뜩 쌓여있는데 의욕은 사라지고, 이도 저도 다 귀찮은 상태가 되어버렸다. 자연인이 되어 산속 깊은 곳에 들어가 인터넷이고 전화고 안 되는 곳에서 나물을 뜯으며 살고 싶었다. 멍하게 보내는 시간이 늘었다. 그렇다. 사람들은 이런 상태를 '번아웃Burnout'이라고 부른다. 새하얗게 불태워 소진된 상태.

일과 여행을 분리하지 않아도 된다는 것, 좋아하는 일을 즐겁게 하고 있다는 사실이 너무 좋고 감사한 마음에 무리했다. 내가 할 수 있는 것 이상으로 너무 많은 일을 했더니 소화를 못 하고 결국 탈이 났다. 좋아하는 일을 하면 번아웃 같은 건 오지 않을 거라고 믿었지만, 지나친 욕심은 그게 좋아하는 일이든 아니든 번아웃을 불러왔다. 최선을 다하는 것까지는 좋았는데 지나치니 문제가 되었다. 갖고 있던 에너지를 다 써버렸다. 이런 상태가 길어지면 위험하다. 쉽진 않지만, 툴툴 털어내야 한다.

"휴가다!"

이렇게 무기력증이 찾아올 때면 의식적으로 휴가를 통해 재정비하는 시간을 갖는다. 무기력증이 심해지기 전에 얼른 모드를 전환하는 방법으로, 일단 하던 일을 멈추고 일을 더 늘리지 않는다. 콘텐츠를 만들지 않는 시간, 쉬어가는 시간을 일부러 가지는 것이다. 그리고 카메라 없이 외출한다. '카메라 없이'가 가장 중요하다. 매일이 여행이라 할지라도 우리에게 진정한 휴식을 위한 여행은 카메라가 없는 여행이기 때문이다.

사실 카메라를 들고 다니면 여러모로 불편한 점이 많다. DSLR은 부피가 크고 무거운 데다가 여기에 추가 렌즈들까지 더하면 주렁주렁 짐이 늘어난다. 식당이나 카페 같은 곳에 갔을 때도 번거롭다. 목에 걸고 있으면 무겁고, 해외에서는 아무 데나 올려놨다가 도난당할 위험도 있고(실제로 도둑맞았다가 찾은 적이 있는데, 남편은 그 순간 우사인 볼트보다 더 날렵하고 빠르게 뛰어가 카메라를 뺏어

둘 다 술을 거의 못 하지만, 가끔은 기분도 낼 겸 맥주 한 잔(을 나눠 마신다)

왔다), 테이블이 작으면 자칫 떨어뜨릴 수도 있다. 바닷가에서는 물놀이도 제대로 하지 못한다. 카메라를 들고 가면 한 사람은 가방을 지켜야 한다. 맨몸으로 가면 둘 다 바다에 들어가 신나게 놀 수 있지만, 카메라가 있으면 불가능하다. 무엇보다도 카메라가 있으면 일하는 기분이 들 때가 종종 있다. 일하는 것이 아닌데도 말이다. 노는 게 일인 덕업일치의 단점이라고 해야 할까.

물론 내가 글 쓰는 것을 사랑하듯 남편은 사진 찍는 것을 사랑한다. 글과 사진은 우리에게 일 이전에 취미이며 삶이지만, 그럼에도 가끔은 이것들과 떨어져 있는 시간이 필요할 때가 있다. 그래서 이따금 조금은 가뿐한 마음으로 집 밖을 나서본다. 해야 하는 일들을 잠시 멈추고, 쉬는 것에 죄책감 느끼지 않고, 일 이외의 다른 좋아하는 것들로 일상을 채우며 머리를 식힌다. 초록을 많이 볼 수 있는 공원에 가거나, 햇볕을 쬐며 조용한 길을 걷는다. 때로는 남이 정성스럽게 내려준 맛있는 커피를 마시러 간다. 그러다 보면 소진되었던 에너지가 조금씩 충전되는 것이 느껴진다. 어느새 무기력증은 사라지고 '다시 뭘 좀 해볼까?'라는 생각이 고개를 든다.

요즘은 전처럼 무리하지 않는다. 정말 중요한 것들만 남기고, 나머지는 덜어낸다. 뭐든 감당할 수 있는 만큼만 하고, 너무 욕심내지 않는다. 가늘고 길게 좋아하는 일을 오래 하고 싶으니까. 그러기 위해 건강을 살뜰히 챙기며 나를 돌본다. 즐거운 마음으로 꾸준히 쓰고 찍으며 조금씩 무언가를 만들어내고, 재밌는 일을 사부작사부작 벌이고, 생각지 못한 순간에 기회가 찾아온다면 냉큼 잡기도 하면서 그렇게 살고 싶다.

3장

'함께' 놉니다

미라클 모닝? 미라클 월요일!

알람 대신 밖에서 들리는 새소리에 눈을 떴다. 태국에서 머물던 레지던스 입구에는 커다란 나무가 하나 있었는데, 그 때문인지 아침이면 항상 새소리가 들리곤 했다. 오늘의 일터는 어디가 좋을까 고민하다 한적한 외곽의 카페로 정하고는 나갈 채비를 했다. 집 근처의 매일 가는 단골 식당에 들러 아침 식사를 한 뒤 그랩 택시를 잡아탔다. 도착한 카페는 예술가 부부가 운영하는 공간으로, 치앙마이의 카페답게 자연스럽고 소박한 분위기가 매력적인 곳이었다. 무심한 듯 멋스러운 액자와 곳곳에 놓여있는 소품에서 주인장의 취향이 묻어났다. 따뜻한 라테 두 잔을 주문한 후 창가 자리에 앉아 노트북을 꺼냈다. 열려있는 창으로 기

치앙마이에서 지내던 레지던스 입구의 나무, 기둥과 뿌리는 카페 안에

분 좋은 바람이 불어왔고, 밖은 온통 초록에, 은은한 재즈가 흘렀다.

'잔잔하고 평화로운 시간이네. 그런데 오늘이 무슨 요일이더라?'

여행을 시작한 뒤로, 정확히는 회사를 그만둔 뒤로 요일 감각이 사라졌다. 항공권 날짜, 숙소 예약 날짜, 버스 티켓 날짜는 혹시나 틀릴까 봐 몇 번이나 확인하면서도 요일은 어쩐지 별로 중요하게 느껴지지 않는다. 월요일이든 목요일이든 일요일이든 전부 비슷하기 때문이다. 아침에 이메일을 확인했는데 받은 메일함에 다른 날보다 조금 더 많은 메일이 도착해 있다면 '오늘 월

오늘의 일터는 햇살이 잘 드는 카페

요일이구나' 하는 정도랄까. 그러다 보니 자연스럽게 월요병도 사라졌다. 대신, 요일보다는 마감 날짜에 맞춰서 일상이 돌아가게 되었다. 매일이 평일이면서 또한 주말일 수도 있는 날들이다.

요일 감각이 사라진 것과 더불어 또 한 가지의 변화라면, 웬만해선 알람을 맞추지 않는다는 것이다. 어쩌다 아침 일찍 투어를 가야 한다거나, 이른 시간에 출발하는 교통수단을 예약해놨다거나, 조식을 챙겨 먹어야 할 때가 아니라면. 평소에는 자고 싶을 때 자서 일어나고 싶을 때 일어난다. 언제 자고 언제 일어나도 상관없다는 것, 요일에 상관없이 하루를 내가 원하는 대로 채울 수 있다는 것은 프리랜서가 느끼는 가장 큰 행복과 자유다.

먼 거리의 직장에 다니던 시절, 항상 새벽에 집에서 출발해 자정이 다 되어서야 돌아오곤 했다. 하루 평균 수면 시간은 4시간 정도였는데, 그마저도 아깝게 느껴져서 어떻게든 개인 시간을 확보하기 위해 노력했던 기억이 난다. 휴무가 일정하지 않고 매달 바뀌는 데다 평일에 쉴 때가 잦아 월요병은 없었지만, 수면 시간이 부족하다 보니 일찍 일어나는 게 항상 어려워 지각을 하지 않으려면 알람을 여러 번 맞춰놔야 했다. 버스와 지하철에서 언제나 쪽잠을 잤고, 손잡이를 잡고 선 채로 꾸벅꾸벅 조는 날도 많았다. 아침잠이 많은 내가 어떻게 하루 4시간만 자며 일을 했는지 지금 생각하면 놀랍다. 그때는 다들 그렇게 적게 자며 일하는 줄로만 알았다. 어려서 체력이 좋았던 것 같기도 하고(지금은 그렇게 적게 자면 하루를 완전히 망쳐버린다).

한창 미라클 모닝이 유행이었다. 요즘도 많은 사람의 신년 계획에는 새벽 기상이 있는 듯하다. 몇 분 단위로 맞춰둔 여러 개의 알람을 꺼버리고도 "조금만, 조금만 더…"를 외치며 침대에서 뭉그적대는 대신, 내 의지로 일찍 일어나 아침을 상쾌하게 시작하는 것. 고요한 아침에 나만의 시간을 확보하기 위한 노력이다. 혼자서는 아무래도 의지가 약해질 수 있으니, 여럿이서 기상 시간을 인증하는 등 독려하는 모임을 만들기도 한다. 일찍 일어나 마음을 정돈하고, 오로지 나를 위한 시간을 만드는 적극적인 행동이 멋지다는 생각이 든다.

새벽 기상을 통한 삶의 변화에 대한 글을 자주 본다. 나도 한번 일찍 일어나볼까? 아침형 인간이라는 것은 도대체 어떻게 하면 될 수 있는 것일까? 일찍 일어나면 시간을 더 잘 쓸 수 있을 것 같고, 일도 더 잘될 것 같은 기분에 몇 번이나 시도해봤지만 어째 매번 실패로 돌아갔다. 새벽 알람을 맞추면 뭘 하나요, 꺼놓고 다시 자버리는걸요. 알람을 끄고 잔 뒤 늦게 일어날 때마다 자괴감이 들었고, 알람 소리 자체가 스트레스로 느껴지고 나서야 내가 아침잠을 포기하지 못하는 인간이라는 것을 깨달았다. 물론 한 번에 일찍 일어나는 것은 누구에게나 어렵기 때문에 기상 시간을 10분, 20분 정도 조금씩 앞당긴다면 전혀 불가능한 일은 아닐 것이다. 기상 시간도 습관이라, 일정한 시간에 일어나길 반복하면 몸이 기억하니까. 하지만 나는 수면 시간을 줄이고 싶지 않으며, 늦은 밤의 영화나 드라마 감상을 포기할 수 없다. 그리고 미라클 모닝의 목적은 단지 새벽 기상이 아니라, 쪼개서 만든 시간을 온전히 나를 위해 쓰는 것이라고 한다. 스트레스는 몸에 해로우니 생각을 다시 해보기로 했다. 기상 시간에 집착하지 말자고.

일어나는 시간에 집착하지 않으니 마음이 조금은 가벼워졌다. 요즘은 일어나는 시간보다는 편안한 아침, 편안한 하루에 집중한다. 지금의 내 생체 시계는 오전 8~9시를 기준으로 맞춰져 있어서 그때쯤이면 눈이 떠진다. 나의 아침은 오전 9시쯤 시작되고, 하루 평균 8~9시간을 잔다. 예전에 비해서는 두 배 이상 자는 셈인데, 충분히 잘 수 있다는 것에 항상 큰 기쁨을 느낀다. 일어나면 미지근한 물 한 컵을 마시고, 국민체조를 하며, 매일 아침 1시간 정도는 책을 읽는다. 나를 단단하게 지탱해주는 사소하지만 소중한 루틴이다. 깨어있는 동안에는 시간을 밀도 있게 쓰기 위해 노력한다. 하고 싶은 일들과 해야 하는 일들, 좋아하는 것들로 균형 있게 하루를 채운다. 자연스럽고 편안한 하루를 보내고 나면, 밤에 잠도 참 잘 온다.

알람 없는 아침, 요일 감각 없는 날들, 많이 자고 느긋하게 일어나는 날들을 살게 되면서 하루를 어떻게 보내고 시간을 어떻게 쓸지 결정하는 것은 오로지 내 몫이 되었다. 여전히 새벽에 일어나지는 못하지만, 눈을 떴을 때 개운한 기분으로 '오늘도 즐거운 하루가 시작되었네! 오늘 하루도 잘 보내 봐야지!' 한다. 또 오늘 하루가 주어진 것에 감사하면서, 힘차게 아침을 여는 나만의 미라클한 모닝이다.

시간 부자

2주간의 라오스 여행을 마치고 베트남으로 가던 날, 라오스 방비엥에서 출발해 베트남 호이안Hoi An까지 무려 33시간을 육로로 이동했다. 비행기를 탔다면 경유 시간까지 합해도 다섯 배는 일찍 도착했을 것이다. 하지만 버스로 가면 2만 원, 비행기로 가면 20만 원. 우린 두 명이니까 4만 원, 40만 원이다. 이건 뭐, 고민하고 말 것도 없었다. 그땐 그랬다. 돈은 없지만, 시간은 많았으니까. 1박 2일이 걸린 그날의 이동은 지금까지도 우리의 여행에서 가장 이동 시간이 길었던 구간으로 꼽히는데, 시간이 길었던 만큼 고생 역시 이루 말할 수 없었다. 자고 또 자도 버스는 달리고 있었고, 휴게소가 부실하여 밥도 제대로 먹지 못했으며,

국경을 넘는 데만 3시간이 걸렸다. 오전 6시에 방비엥에서 출발하여 다음 날 오후 3시쯤 호이안 숙소에 도착했을 땐 여러 가지 감정이 교차했다. 그야말로 시간과 체력을 갈아 넣은 이동이었다. 너무너무 힘들었지만, 결과적으로는 어쨌든 36만 원을 아꼈으니 뿌듯하기도 했다. 하지만 만약 다시 이 구간을 이동해야 한다면 그땐 비행기를 타리라.

전 세계 국토 면적 7위의 인도를 여행할 때도 비행기 대신 저렴한 버스나 기차를 주로 이용했다. 10시간 이동은 짧게 느껴질 정도로 인도는 거대한 나라였다. 어차피 오래 걸리니 10시간이나 15시간이나 차이가 있냐는 듯 두 달의 여행 중 정말 단 한 번도 교통수단이 제시간에 출발한 적이 없었다. 2시간 정도는 기다렸다고 할 수도 없을 만큼(심지어 빨리 왔다고 좋아할 만큼) 연착이 잦았고, 어째서 늦는 건지 언제쯤 출발할 건지 알려주는 사람도 없었다. 버스나 기차가 늦게 와도, 가다가 갑자기 고장이 나서 멈춰버려도 누구 하나 재촉하거나 짜증 내는 사람이 없는 것도 신기했다. 그래, 시간도 많은데 뭘. 조금 느리면 어떻고 불편하면 어떠랴….

도착 시간이 너무 늦거나 출발 시간이 너무 이른 비행기를 탈 때면, 숙소를 예약하는 대신 공항에서 밤을 지새우기도 했다. 캄캄한 새벽에 시내로 오고 가는 것보다야 차라리 공항이 안전하다는 핑계를 대면서.

VIP라고 쓰여있지만, 여간 불편한 게 아닌 장거리 버스 이동

시간을 쓰면 몸이 좀 힘들어도 돈을 아낄 수 있다. 방비엥에서 호이안까지 1박 2일에 거쳐 간 그날처럼, 매번 하염없이 버스와 기차가 오기만을 기다려야 했던 인도에서처럼, 저렴한 데다가 숙박비까지 아낄 수 있는 야간버스나 기차를 타고, 숙소 대신 공항에서 하룻밤을 보내던 날들처럼. 돈 대신 시간을 쓰면 종종거릴 필요도 없다. 남는 게 시간이기 때문이다. 야간 이동과 공항 노숙을 할 때마다 수명이 줄어드는 기분이 들긴 했지만, 싸니까. 배낭여행자에게는 넘치는 것이 시간이므로, 싼 게 제일 중요했다.

반대로 돈을 쓰면 시간을 아낄 수 있고 몸도 편하다. 회사 다

: 일상이었던 공항 노숙
: 베트남 야간버스에서

닐 땐 휴가가 항상 짧았다. 4박 5일 동안 이것도 하고 싶고 저것도 하고 싶은 마음에 종종거리며 돈으로 시간을 샀다. 한정된 시간은 돈보다 귀할 때가 있어서 저렴한 경유 항공편 대신 비싼 직항편을 발권하거나, 조금 비싸더라도 최대한 아침에 출발해 밤 늦게 돌아오는 항공권을 찾곤 했다. 어떻게든 시간을 확보하기 위한 노력이었다.

디지털 노마드로 살게 되면서부터는 예전처럼 다시 돈으로 시간을 벌 때가 종종 있다. 다음 날 피로해서 아무것도 못 하게 될까 봐 야간버스는 되도록 피하고, 공항에 너무 늦게 도착하거나 새벽같이 출발해야 하는 항공편은 웬만해선 타지 않는다. 돈을 조금 더 쓰더라도 편안히 쉴 수 있는 숙소를 예약한다. 숙소 예약 사이트에서 항상 최저가 순으로 정렬했던 예전과는 달리, 사진과 후기를 꼼꼼히 살펴본다. 인터넷 속도는 괜찮은지, 책상과 의자가 있는지, 창문이 있는지, 볕이 잘 드는지. 그렇게 돈을 써서 시간을 아끼고 컨디션을 좋은 상태로 유지하기 위해 노력한다. 시간을 확보해 더 나은 환경에서 글을 하나 더 쓰고, 일을 조금 더 해낸다. 그편이 오히려 돈도 시간도 버는 방법이기 때문이다. 여행과 일의 균형을 조절하는 방법이기도 하고.

"돈을 쓰면 시간을 아낄 수 있고, 시간을 쓰면 돈을 아낄 수 있다. 그러나 반대로 돈을 쓰면 몸이 편하고, 시간을 쓰면 몸이 좀 힘들 수 있다."

그리고 이것은 여행뿐 아니라 모든 면에서 어느 정도 비슷하게 적용되는 것 같다. 그러니까 우리가 돈을 버는 이유는 결국 시간을 아끼고 몸을 편하게 하기 위해서인가 생각이 든다. 반대로 돈을 조금 덜 버는 대신 시간을 쓰고 몸을 좀 움직이며 사는 것은 어떤가 하는 생각도 해본다.

가끔은 돈을 아끼기 위해 시간을 쓰고(몸으로 때우기도 하고), 또 가끔은 몸과 마음의 평화를 위해 돈을 쓰면서 산다. 적절하게 균형을 유지하면서 돈도 벌고 시간도 번다. 살아가는 데는 돈도 시간도 모두 중요하니까. 그래도 나는 어쩐지 시간에 조금 더 마음이 간다. 요즘은 최대한 시간을 벌고, 그렇게 번 시간을 좀 더 잘 쓰고 싶다는 생각을 한다. 어떻게 하면 시간을 '잘' 쓸 수 있을까 고민한다. 시간 관리를 잘해서 효율적으로 일을 하고 하루를 알차게 보내는 것도 물론 좋겠지만, 그것보다는 나와 내 사람들에게 넉넉하게 시간을 쓰고 적당히 재미를 채워 넣으면서 하루하루를 살고 싶다. 시간만큼은 부자처럼 쓰는 것. 그것이 행복이라고 느낀다.

마감이 가까워졌다거나 일이 많이 몰렸을 때를 제외하면 대체로 시간에는 여유가 있는 편이다. 모든 시간을 내 마음대로 채울 수 있다. 하루를, 일주일을, 일 년을 내가 원하는 대로 설계할 수 있다. 그래서 오늘도 많은 시간을 남편과 함께 커피를 마시고, 산책하고, 대화도 하며 보낸다. 서로에게 집중하며 우리가 살고 싶은 모습에 대해, 요즘의 우리에 대해 많은 이야기를 나눈다. 올해는 이런 걸 해볼까? 저런 걸 해볼까? 시간에 쫓긴다면 할 수 없을 다양하고 재미난 생각을 한다. 시간에 여유가 있으면 마음도 너그러워진다. '그게 되겠어?'보다는 '그럴까? 해볼까?' 하는 날들 덕에 삶이 더 풍성해진다.

재밌게 살아볼까?

"재밌게 살자!"

우리 부부가 정말 자주 하는 말이다. 지금이 재미없으니 앞으로 재밌게 살자는 말이 아니다. 지금도 물론 좋지만, 앞으로도 계속 재미나게 살자는 다짐 같은 것인데 그만큼 우리 부부의 삶에서 중요한 가치는 '재미'이다. 어떤 결정을 할 때도 가장 우선시되는 가치였고 돌이켜 보면 지금까지 해온 많은 것, 아니 거의 모든 것이 '재미'로부터 시작되었다. 이거 재밌을까? 재밌어 보이는데 한번 해볼까? 언제나 거기서부터 가볍게 시작했다. 재미는 마음이 시켜서 하는 거라 계획 같은 것도 별로 없다. 단순히 '해볼까?' 정도의 마음이다. 그러니 당연히 잘해야 한다는 부담도 없다. 재미로 하는 건데 잘 못하면 뭐 어떤가. 망해도 괜찮고, 실패해도 괜찮고, 남의 눈 신경 쓸 것도 없다. 일단 한번 해보는 것이다. '아님 말고'의 마음으로. 처음 여행을 떠날 때도 마찬가지였다. 물론 오늘 결정해서 내일 떠날 만큼의 가벼운 마음은 아니었지만, 인생에서 1~2년쯤 하고 싶은 대로 한번 살아보고 싶었다. 재밌게 보내다가 돈 떨어지면 돌아와서 또다시 시작하면 되지 뭐, 하는 마음이었으니까.

아시아 여행을 마치고 예정대로라면 호주에 갔어야 하는 시기, 목적지는 호주 시드니에서 터키의 지중해 도시 안탈리아로 갑자기 변경되었다. 워킹 홀리데이 막차라며 2인 100만 원에 가까운 돈과 시간과 노력을 들여 미리 받아두었던 호주 워홀 비자, 시드니행 편도 항공권을 모두 내팽개치고 뜬금없이 터키라니. 갑작스러운 목적지 변경으로 인하여 날린 돈이 꽤 컸고, 심지어 성수기 휴가철이라 터키로 가는 항공권 가격도 비쌌다. 그래도 우리는 베이징과 우루무치와 이스탄불을 거쳐 결국 안탈리아로 갔다. 그리고 그곳에서 1년을 살았다. 목적지가 바뀐 이유는 복잡하지 않았다.

"호주보다 터키에서의 1년이 더 재밌지 않을까?"

재미는 언제나 우리 부부의 마음을 움직이는 가장 큰 원동력이었다.

벌써 세 번이나 다녀온 헝가리. 부다페스트 크리스마스 마켓

여행하고, 글을 쓰고, 사진을 찍고, 블로그를 운영하는 것 역시 처음에는 재미에서 시작되었다. 시간이 흐르고 나이가 들고 취향의 변화를 겪으면서, 재밌었던 것이 싫증이 나기도 하고 전혀 새로운 것이 갑자기 재밌어 보일 때도 있다. 하지만 어쩐지 여행하고, 글 쓰고, 사진 찍는 것만큼은 참 꾸준히 재미가 있다. 평생 이 재미를 놓치고 싶지 않다는 마음이 강하게 든다.

그중에서도 여행은 모든 재미를 압축해놓은 재미의 집합체였다. 새로운 장소에서, 새로운 풍경을 보고, 새로운 문화를 접하고, 새로운 사람을 만나고, 새로운 음식을 먹었다. 익숙한 일상에서는 적극적으로 찾아 나서야 재미를 발견할 수 있는데, 여행지에서는 비교적 다양한 재미들을 조금 더 쉽게 찾을 수 있었다. 새로운 것이 넘치는 데다가 관찰자의 시선으로 작은 것들도 흥미롭게 바라보기 때문일까? 어쩌면 그런 이유로 우리는 계속해서 여행을 하는 것일지도 모르겠다는 생각이 든다. 재밌는 것들을 삶에 많이 두고 싶어 다양한 경험을 하고, 그런 경험이 우리를 만들고, 재밌는 것과 좋아하는 것들이 모여서 취향이 되고 내가 되어간다.

게다가 재미에 성취가 더해질 때면 이만한 행복이 있을까 싶다. 그저 재밌어서 블로그를 운영했는데 네이버에서 이달의 블로그로 선정해준다거나, 이따금 내가 쓴 글을 메인에 올려준다거나, 그로 인한 다양한 기회들이 생긴다거나 하는 것들. 단지 글 쓰는 게 좋아서 쓰기 시작했는데 내 이름이 박힌 책을 출간하게 되고, 글 쓰는 일을 하며 살게 된 것들. 아무리 재밌고 좋아하는 일이라도 밥벌이가 되고 나서는 힘들 때가 종종 있었다. 하지만 재미로 시작했고, 지금도 여전히 재밌기 때문에 즐겁게 이어나갈 수 있다. 재미에 성취가 더해지는 순간, 덕업일치의 가능성도 조금은 생겨나는 것이 아닐까?

하고 싶은 것만 하면서 살 수는 없더라도 애쓰고 버티기만 해서 살 수도 없는 노릇이다. 일하는 이유, 돈 버는 이유, 열심히 사는 이유도 결국은 즐거운 내 인생을 위해서니까. 재미가 있어야 한다. 사는 재미, 먹는 재미, 노는 재미, 일하는 재미 같은 여러 가지 재미들이. 그래서 오늘도 우리는 재미를 추구한다. 느슨하게 일상의 틈을 만들고, 재미를 찾아 그 틈을 채우면서. 재미는 삶을 충만하게 만든다. 재밌는 게 최고다.

TINA
INKA

지칠 때면, 달콤한 휴식 모드

태어날 때부터 간 기능이 좋지 않았다. 조금만 무리해도 금세 피로해졌고, 높아진 간 기능 수치를 떨어뜨리기 위해 방학 때마다 병원 신세를 져야 했다. 신나게 놀아야 할 방학에 나는 병실에 있었다. 병원 밥은 맛이 없었고, 병원 생활은 재미가 없었다. 입원하고 며칠간은 친구들이 찾아왔지만, 이후로는 다들 각자의 방학을 보내느라 찾아오는 횟수가 차츰 뜸해졌다. 나의 방학은 언제나 심심하고 무료했다. 네모난 하얀 병실에서 보내는 한 달은 혼자 조용히 책을 읽거나 공부를 했다. 명상하듯 수행하듯 그렇게 병원에서 방학을 보내고 나면 간 기능 수치가 내려가서, 다시 한 학기를 보낼 수 있었다.

성인이 된 후로는 다행히 간 수치가 정상으로 돌아와서 지금까지 입원한 적이 없다. 하지만 주기적으로 피검사와 간 초음파 검사를 받는다. 간은 침묵의 장기라고도 불리는데, 신경 세포가 적어서 기능이 많이 저하되어도 아픔이나 증상이 잘 느껴지지 않는다고 한다. 그래서 최대한 몸이 피로해지지 않도록 주의하고, 술은 웬만해선 마시지 않는다. 간 기능이 좋지 않아 알코올을 해독하지 못하는 건지, 맥주 몇 모금만 마셔도 온몸이 금세 빨갛게 달아오른다. 맛을 잘 모르기도 하고 건강에도 해로우니 술은 1년에 한두 번쯤, 정말 특별한 날만 아주 조금 마실까 말까 한다.

담당 의사 선생님이 항상 하는 말이 있었다.

"잘 먹고, 잘 자고, 스트레스를 받지 말아야 해요."

그런데 현대 사회에서 이게 정말 가능한 건가요, 선생님? 성인이 되어 밥벌이하며 살다 보니 세상에 이 세 가지만큼 어려운 게 없었다. 20대 때는 어떻게든 돈을 벌어야 한다는 이유로 몸과 마음을 혹사했다. 바쁘다는 핑계로 끼니를 거르거나 대충 때우기 일쑤였고, 야근에 이른 출근까지 하느라 회사 다닐 땐 하루 평균 수면 시간이 길어야 4~5시간 정도였다. 그리고 가장 중요한 '스트레스'. 도대체 이 스트레스라는 것을 안 받는 사람이 있긴 한 걸까? 어떻게 하면 스트레스를 받지 않을 수 있는 거지? 도무지 알 수가 없었다. 의사 선생님의 말은 실현 불가능한 꿈처럼 느껴졌다. 그래서 까맣게 잊은 채 열심히 달리기만 했다. 내 앞에 놓인 건 42.195km의 마라톤 풀코스였는데, 처음부터 100m 달리기하듯 전속력으로 뛰었다. 당연하게도 얼마 못 가 지쳐서 나가떨어져 버렸다.

문제는 쉬는 방법을 전혀 모른다는 것이었다. 나는 잘 쉬지 못하는 사람이었다. 그러고 보니 한 번도 적극적으로 쉬어본 적이 없었다. 열심히 일했으면 조금 쉬어가는 게 당연한데도 이상하게 마음이 불편했다. 아무것도 하지 않는 시간이 어색해서 어떻게든 빈틈없이 채우려고만 했다. 열심히 일하는 방법은 알겠는데 잘 쉬는 방법은 도통 알 수가 없었다. 어릴 때처럼 다시 병원에 입원이라도 해야 할까? 방법이 있다면 알아내서 그대로 따라 하고 싶은 심정이었다.

그러다 긴 여행을 떠났다. 하루 24시간을 어떻게 써도 뭐라고 하는 사람이 없었다. 내 마음대로 채울 수 있는 시간이 잔뜩 생겨 놀고 싶을 때 놀고, 먹고 싶을 때 먹고, 자고 싶을 때 잤다. 예전 같았으면 시간을 이렇게 보내도 되는 건가 싶어 불안했을 텐데, 우리는 여행자니까. 여행자라는 핑계를 대고 나니 시간을 허비한다는 생각이 전혀 들지 않았다. 짧은 휴가를 떠날 때처럼 촘촘한 계획들로 시간을 채우지도, 오늘 하루 아무것도 하지 않고 게으르게 보냈다고 해서 죄책감을 느끼지도 않았다. 방전되었던 몸과 마음을 가득 충전했다. 잘 먹고, 잘 자고, 스트레스가 없는 날들이었다.

여행하며 일을 하다 보니 마냥 여행만 했을 때보다는 바빠졌다. 일하는 시간과 쉬는 시간을 분리하기도 쉽지 않다. 스스로 일 모드와 휴식 모드를 정해 스위치를 켜고 끄는 것을 잘해야 하는데, 시간 관리는 어렵기만 하다. 노트북 앞에 앉아있는 시간이 길어 손목 터널 증후군과 어깨 통증을 달고 산다. 그래서 종종 장비로 때운다. 손목 통증을 줄여주는 버티컬 마우스와 기계식 키보드, 거북목을 예방해줄 노트북 거치대 등등.

하지만 다행히 지금은 쉬는 방법을 안다. 여행을 통해 쉴 줄 아는 사람이 되었다. 의사 선생님의 말도 잊지 않고 항상 떠올린다. 영양이 좋은 음식을 골고루 챙겨 먹고, 충분한 시간 동안 깊이 자고, 스트레스를 받지 않기 위해 마음을 수련한다. 식물이 광합성하듯 햇볕을 자주 쬐고, 따뜻한 물을 충분히 마시고, 틈틈이 스트레칭을 하고, 밖에 나가 씩씩하게 걷는다. 잘 먹고, 잘 자고, 스트레스를 덜 받는 것만으로도 삶이 훨씬 나아질 수 있다는 것을 안다. 실현 불가능하게만 느껴졌던 의사 선생님의 말이 건강하고 행복한 삶을 사는 방법이었다는 것을, 아무리 바빠도 내 몸과 마음을 돌보고 지키는 것보다 중요한 일은 없다는 것을 이제 안다.

휴대폰을 오래 사용하고 싶다면 가끔 전원을 끄는 것이 좋다

단풍이 예뻤던 가을의 브라쇼브

고 한다. 전자기기에 문제가 생겼을 땐 재부팅을 하면 대체로 문제가 해결된다. 우리 몸 역시 마찬가지다. 방전되기 전에, 망가지기 전에 조치를 취해야 한다. 그러니 쉬어야 할 때라고 몸이 신호를 보내면, 바로 충전 모드에 들어간다. 평소보다 조금 더 살뜰히 나를 챙기고, 고생한 몸과 마음을 돌보면서.

우리만의 자유

뉴욕으로 가는 마일리지 항공권을 발권했다. 2인 편도, 세금 및 유류할증료로 27만 원을 결제하자, 항공권 구매가 완료되었다는 반가운 이메일이 도착했다. 예정대로 출국할 수 있다면 무려 2년 하고도 6개월 만의 출국이다. 2년 6개월이라니, 그사이 시간이 이만큼이나 흘렀다니. 세계 여행을 시작하고도 중간중간 한국에 들어오긴 했지만 이렇게 오랜 시간 머문 건 처음이었다. 오랜만에 발권한 편도 항공권인 데다 미국은 처음이라 그런지 가슴이 두근거렸다. 거실에 나란히 앉아 구글맵을 켜놓고 뉴욕을 찾아 확대해보았다.

"메트로폴리탄 미술관 가보고 싶었어. 맛있는 것도 많이 먹어야지. 뭐가 있지? 뉴욕 스테이크, 뉴욕 피자, 뉴욕 치즈케이크, 뉴욕 햄버거, 또 뉴욕….”

내가 종알거리자 남편은 더 들뜬 목소리로,

“브로드웨이 뮤지컬도 봐야지. 〈라이언 킹〉, 〈알라딘〉 이런 거 보고 싶다. 농구도 볼 수 있나? 농구 관람하면 재밌겠다. 그리고 온종일, 다리 아플 때까지 걸어 다니고 싶어!”

신나서 한참 이야기를 하다가 문득 ‘그래 이런 기분이었지. 그동안 이런 기분을 잊고 지냈구나’ 하는 생각이 들었다. 연말이면 항상 이렇게 다음 해의 여행 계획을 세우곤 했었다. 가보고 싶은 곳과 좋아하는 곳을 선택해 머물렀고 연말을 어느 곳에서 보낼까 행복한 고민을 했다. 남편은 항상 더 많은 것을 경험해보고 싶다고 했고, 나 역시 좀 더 넓은 세상을 보고 싶었다. 번듯한 집이나 차를 사고 싶은 마음보다는 전 세계 곳곳을 여행하며 자유롭게 살고픈 마음이 컸다. 그래서 이렇게 사는 거였지, 우리.

집이 없으니 어디든 집이 될 수 있었고, 살고 싶은 지역을 선택할 수 있었다. 코로나로 인하여 한국에 돌아온 뒤, 우리가 사랑하는 제주로 날아왔다. 발아래로 제주 바다가 펼쳐진 아름다운 집에서 1년을 넘게 살았고, 지금은 새소리에 잠이 깨고 풀벌레 소리에 잠이 드는 조용한 시골 동네에 산다. 머무는 시간이 길어지면서 제주에 사는 것도 생각보다 불편한 점이 많다는 것을 알았다. 치킨 배달이 안 되는 동네가 정말 많다는 것과 여름이면 살인적인 습기 때문에 빨래가 잘 마르지 않아 제습기가 필수라는 것. 그리고 육지에 비해서야 기온이 높지만 바람이 많이 불어 제주 역시 겨울에는 엄청 춥다. 게다가 대부분의 집은 도시가스가 아니라 LPG 가스 보일러를 사용하기 때문에 육지에서처럼 난방하면 가스비 폭탄을 맞을 수 있다. 그 밖에도 로켓배송은 한 줄기 빛이라는 것, 섬의 태풍은 정말 무섭다는 것, 제주의 벌레와 지네들은 크기부터가 남다르다는 것 등등. 하지만 계절의 변화가 온몸으로 느껴지는 제주의 넉넉한 자연은 그 모든 불편함을 상쇄시킬 만큼 매력적이다. 가까운 곳에 바다와 오름과 숲이 있고, 시내 한복판을 제외하고는 높은 건물이 많지 않아 하늘을 넓게 보면서 살 수 있다. 세계 어느 곳과 비교해봐도 뒤지지 않는 아름다운 섬. 이렇게 아름다운 곳에서 살 수 있다니, 참 좋다.

많은 자유로운 시간도 누리고 있다. 날씨가 좋아 집에 있기 아깝다며 갑자기 어디론가 소풍을 가기도 하고, 비 오는 날이나 추운 날은 굳이 외출하지 않아도 된다. 한 달에 한 번 호르몬이 널뛰기할 때면 누구의 눈치도 보지 않고 쉰다. 일어나고, 먹고, 자고, 일하고, 쉬고, 노는 모든 것을 하고 싶을 때 한다. 사는 곳과 일하는 곳을 자유롭게 선택하며, 하고 싶은 일을 하고, 하기 싫은 일은 하지 않는다(물론, 하고 싶은 일을 하기 위해 하기 싫은 일을 해야 할 때도 많지만). 원하는 것을 전부 다 하고 살 수야 없겠지만, 삶의 크고 작은 부분들을 스스로 결정하고 선택할 수 있다는 것은 분명 큰 자유니까. 이 자유가 결코 당연하지 않다는 것을 잊지 않으려 노력한다.

무언가에 얽매이지 않고 마음이 시키는 대로 할 수 있는 상태를 자유라고 한다는데, 나는 '마음이 시키는 대로'보다 '얽매이지 않고'라는 말에 눈이 간다. 얽매이지 않는다는 것은 손에 쥐고 있던 것을 놓고, 삶에서 중요하지 않은 것을 덜어낸다는 의미가 아닐까. 관계, 인정, 과거, 다른 사람의 시선 같은 것들에 얽매이지 않고 가뿐해지는 것. 얽매이는 것이 많으면 많을수록 자유와는 거리가 멀어진다. 돌이켜 보면 우리 역시 가진 것이 많지 않아서 오히려 여행을 결정하고 떠나기가 쉬웠다. 놓아야 하는 게 별로 없어서, 잃을 게 별로 없으니까. 손에 쥐고 있는 것이 많았다면 떠나겠다는 결정을 그렇게까지 쉽게 하지는 못했을 것이다.

여행에서는 모든 것을 직접 결정한다. 뭘 타고 뭘 먹을지, 어디로 가고 어디서 잘지. 이런 모든 순간을 스스로 선택하고 그 선택으로 나만의 여행이 만들어진다. 그리고 우리는 삶도, 여행에서처럼 많은 순간 선택할 수 있기를 바란다. 그게 어떤 것이든 마음이 가고자 하는 방향대로 선택하면서 살고 싶다. 자유로운 삶에는 선택의 여지가 있고, 내가 선택한 많은 것으로 이루어진 삶이 나다운 것이라고 생각한다. 그리고 얽매이지 않았을 때, 뭐든 선택할 수 있는 여지가 생긴다고 믿는다. 세상에는 다양한 모양의 삶이 있으니, 만약 삶을 책임질 각오가 되어있다면 가능한 한 얽매이지 않고 마음이 시키는 대로 사는 것도 나쁘지 않겠다고 생각해본다.

미국을 여행한 뒤에는 멕시코로 갈 예정이다. 멕시코에서는 비자 없이 6개월간 머물 수 있다고 하니까, 스페인어를 신나게 배워 현지인들과 편안하게 대화할 수 있게 되는 것이 다음 여행의 목표다.

행복한 오늘을 쌓기 위하여

사파Sapa의 가을을 보고 싶었다. 가을이면 누렇게 익은 벼가 물결처럼 일렁이는 다랭이 논의 풍경이 아름다운 베트남 북부의 산간마을이다. 다랭이 논은 산의 계곡이나 구릉지에 자연적으로 형성된 계단식 논이다. 한국인에게 다랭이 논이 뭐 그리 특별할까 싶지만, 오래전부터 가보고 싶었던 곳이어서 고민하지는 않았다. 개발이 빠르게 진행되고 있어 사파는 이미 관광지가 다 되었으며 실망스러웠다는 여행자들의 이야기가 왕왕 들려왔다. 하노이에서 버스를 타고 도착한 사파는 역시나 듣던 대로 공사하는 곳이 많았고 큰 트럭들이 자주 지나다녔지만, 사진으로 보던 것보다 훨씬 예뻤다. 사파는 우리가 좋아하는 호수, 산, 맛있는 커피를 전부 갖춘 도시였다. 산책로를 따라 걷기 좋았던 사파 호수와 전망대의 역할을 완벽히 해낸 함롱산, 그리고 진하게 내린 까페스어다Caphe Suada만으로도 사파 여행은 충분했다. 그런데 걱정 하나가 있었다. 슈퍼 태풍 망쿳이 필리핀과 홍콩을 지나 베트남 북부를 지나갈 것이라는 소식이었다. 태풍의 위력이 얼마나 대단했는지 필리핀에서는 수십 명이 사망했고 홍콩 도심의 가로수 10만 그루가 뽑히거나 쓰러졌다고 했다. 망쿳이 베트남 북부를 강타할 경우 사파와 하노이를 잇는 길이 유실될 수도 있었고, 마을이 쑥대밭이 될 수도 있었다. 일기예보를 들여다보며 상황을 주시했다.

태풍의 영향 때문인지 비가 오다 말기를 반복했지만 바람은 불지 않았다. 비 오는 날 외출하는 것을 좋아하지 않아 숙소에서 창밖만 빼꼼 내다보다가, 공기가 이렇게 상쾌한데 숙소에만 있는 게 어쩐지 아깝다는 생각이 들어 근처의 깟깟마을Cat Cat Village에 걸어가 보기로 했다. 날이 흐려서인지 사파의 인기가 예전만 못한 건지 관광객은 거의 보이질 않았고, 호객할 사람이 없는 탓에 문을 닫은 가게들이 많았다. 그래도 여기까지 왔으니 마을 안쪽으로 조금 더 들어가 볼까. 돌계단을 따라 내려가는데 갑자기 빗방울이 굵어지기 시작했다. 다리도 아프고 비도 오니 조금 쉬어갈 겸 폭포 근처 작은 카페에 들렀다. 지붕이 있긴 하지만 사방이 뻥 뚫린 구조라 주변 풍경을 파노라마로 감상할 수

사파에서 마셨던 가장 맛있는 까페스어다

있었고, 손님은 우리뿐이었다. 주인아저씨는 반갑게 맞아주시더니 우리가 한국인이라는 걸 단박에 알아채시고는 음악 플레이리스트를 그 옛날 한국 발라드로 바꾸는 센스를 보여주셨다. 손님이 오든 말든 한 자리 차지하고 벌렁 누워 자던 누렁이 옆에 앉아 빗소리를 들으며 마신 커피는 맛이 좋았다. 비 내리는 깟깟마을은 운치 있었고 까페스어다는 어느 때보다도 진하고 달달했다. 커피가 좋은 건지, 기분이 좋은 건지, 장소가 좋은 건지. 그냥 모든 게 다 좋았다. 이 순간이 오래도록 기억날 것 같다는 생각이 들었다. 태풍 망쿳은 다행히 소멸했다.

여행했던 곳 중에 어디가 제일 좋았냐는 질문을 자주 받는다. 그 질문에 답변하는 것은 매번 어려워서, “모든 곳이 다 좋았지만 그래도 그중에서 조금 더 좋았던 곳을 꼽자면…” 하고 말을 꺼낸다. 그야 정말 여행했던 모든 곳이 다 좋았기 때문이다. 그곳이 어디든 장소에는 아무런 문제가 없었다. 좋게 보려고 하면 좋은 것이 보이고, 삐딱하게 보면 뭐든 마음에 들지 않으니까. 사파 여행도 마찬가지였다. 공사 중인 건물들과 큰 소리를 내며 지나다니는 덤프트럭 대신 짙은 초록빛으로 반짝이는 나무들과 싱그러운 풀 냄새, 소박한 다랭이 논의 풍경에 집중했다. 어째서 계속 비가 오는 거냐고 왜 하필 태풍이 오는 거냐고 짜증을 내는 대신에 동네 구경을 나섰다. 그리고 깟깟마을의 보석 같은 카페를 찾아내어 멋진 시간을 보냈다. 그러니까 멋진 여행을 만드는 것은 장소가 아니라 ‘그곳에서의 나’일 테다.

부부가 사이좋게 여행하는 방법에 대한 질문도 자주 받는다. 여행하며 사는 것보다도 그렇게 매일 함께 있는 것이 더 신기하다고, 어떻게 그럴 수 있냐며 이해할 수 없다는 표정으로 묻는 사람들이 종종 있었다. 그러고 보니 내 여행의 모든 장면에는 남편이 있다. 남편도 그럴 것이다. 실은 우리 둘 다 혼자서는 한 번도 여행해본 적이 없고 사람은 경험한 것만큼만 알아, 우리는 부부가 함께하는 여행에 대해서만 말할 수 있다.

고등학교 동창, 4년의 연애와 10년의 결혼생활, 그중 8년의 여행. 여행을 시작한 뒤로는 24시간 365일 언제나 남편과 함께 했으니 어쩌면 다른 부부들이 평생 함께할 시간을 우리는 이미 보냈을지 모르겠다고, 다른 부부들이 평생 나눌 얘기보다 훨씬 많은 이야기를 나눴을지 모르겠다고 자주 생각한다. 둘 다 친구가 별로 없기도 하고, 어쩌다 누군가를 만나게 되어도 항상 함께 나간다. 집 앞 슈퍼에 갈 때, 산책할 때, 어떤 사소한 순간까지도 함께한다. 이제는 둘이 한 묶음, 세트 같은 느낌이랄까. 오래전 캐나다 여행을 공짜로 할 기회가 있었다. 혼자 가고 싶지는 않아서, 한 사람 비용을 추가로 낼 테니 같이 갈 수 있냐고 물었더니 방침상 어렵다는 답변이 왔다. 그 여행은 가지 않았다. 함께하지 않는 여행은 그곳이 어디든 우리에게 별로 의미가 없기 때문이다.

믿기 어려울 수 있지만, 우리는 거의 싸우지 않는다. 연애할 때와 결혼생활 중 다툰 적은 손에 꼽힐 정도인데, 그마저도 싸움이라고 보기보다 내가 좀 삐쳤다는 정도다. 비결이라기엔 민망한 것이, 사이좋게 지내는 방법이라고 해봐야 아주 간단하고 단순하기 때문이다. 서로에게 서운한 점이 있다면 그때그때 바로 말하는 것. 어차피 해외에서 의지할 곳이라고는 서로밖에 없는데 싸워봐야 우리만 손해고 어디 숨을 데도 없다. 괜히 오늘 하루 기분 나쁘게 보낼 게 뭐 있어. 바로바로 풀면 앙금도 남지 않는다. 그리고 그런 날은 다른 날보다 조금 더 맛있는 걸 먹는다.

그럼 끝! 해피엔딩.

표현도 많이 하는 편이다. 마음에 담아놓고만 있으면 관심법을 쓰는 것도 아닌데 속마음을 알 수가 없다. 사람의 마음에 들어갔다 나올 수도 없으니 가까운 사이일수록 표현하는 게 중요하다고 생각한다. 이래서 좋았고 이래서 서운했다며 얘기하고, 이래서 좋았고 이래서 서운했구나 들어주고. 대화만 충분히 해도 싸움으로 번지지 않는다. 사실 예전에(그러니까 남편과 사귀기 전에) 나는 섭섭한 게 있으면 마음에 꿍하고 담아두며 꼭꼭 쌓아놨다가 더 쌓을 곳이 없을 만큼 가득 찼을 때 관계를 일방적으로 끊어버리는 지독하게 나쁜 습관이 있었다. 상대는 갑자기 무슨 일이냐고 당황스러워하지만, 나는 그때쯤이면 이미 마음이 곪아 터진 상태가 되어버리기 때문에 관계를 돌이킬 수가 없다. 그런 성격이 남편을 만나고 바뀌었으니 여러모로 고마운 사람이다.

어떻게 보내든 하루는 흘러가고 그 하루하루가 우리에게 쌓인다. 그리고 어떤 상황에서도 좋은 점을 찾으려고 노력한다면 매일매일 행복하지 않을 이유가 없다. 단점은 작게, 장점은 크게 보는 것. 그리고 많이 표현하는 것. 이것이 우리 부부가 여행하는 방법, 서로를 대하는 방법, 삶을 대하는 방법이다.

행복했던 사파 여행, 오늘도 사이좋게 여행합니다

120

로또가 된 건 아니지만

"저희 부부, 그리고 저희가 사랑하는 모든 사람이 건강하고 행복했으면 좋겠어요."

태국 치앙마이에는 소원 비는 사원 '왓 프라 탓 도이 캄'이 있다. 태국어로 'Wat'은 '불교 사원', 'Phra That'은 '부처의 사리', 'Doi'는 '산', 'Kham'은 '황금'을 뜻한다. 즉, 사원의 이름인 'Wat Phra That Doi Kham'은 '부처의 사리를 모신 황금산의 사원'이라는 뜻이다. 산 정상에 있는 이 사원에서 기도한 뒤 로또 1등에 당첨된 사람들이 많아 로또 명당으로도 알려져 있고, 그 때문에 사원 앞 로또 가게 앞은 항상 사람들로 붐빈다. 태국 각지에서 기도를 위해 일부러 이곳을 찾은 많은 사람 틈에서 우리 역시 소원을 빌고 내려왔다. 종교는 없지만, 여행 중에 들르는 여러 사원이나 성당이나 교회 같은 곳에선 빠짐없이 기도를 하고 나온다. 사실 나는 큰 행운이 오는 것보다도 너무 큰 불행이 오지 않기를 바라며 사는 사람이라, 건강과 행복과 마음의 평안 같은 것들을 빈다. "로또 1등 되게 해주세요!" 같이 일확천금을 바라는 소원은 빌지 않는다. 물론 1등이 되면 좋기야 하겠지만, 건강과 행복 뒤에 일확천금까지 바라면 너무 욕심쟁이처럼 느껴진달까. 그런 소원은 아무래도 들어주지 않을 것만 같다.

그렇다고 로또를 사지 않는 것은 아니라서 한국에서도, 외국에서도 가끔은 로또를 산다. 일확천금으로 인생 역전을 꿈꾸는 것은 어느 나라 사람들이나 마찬가지인지, 세계 어딜 가나 로또 판매점을 쉽게 볼 수 있다. 터키에 살 땐 동네 로또 가게에서 심심풀이로 몇 번 사봤는데, 어느 날은 운 좋게 번호 세 개가 맞아 몇천 원쯤 되는 당첨금으로 좋아하는 식당에서 케밥을 사 먹기도 했다. 지금까지 5천 원도 몇 번 안 됐고 일확천금의 꿈이야 당연히 이루어지기 어렵겠지만, 어쨌든 사야 아주 적은 확률이라도 생기니까 매주는 아니더라도 가끔 로또를 산다. 사실 1등을 바란다기보다는, 5천 원으로 일주일 치의 재미와 설렘을 사는 것에 가깝다. '1등이 되면 뭘 할까?'라는 주제로 수다를 떨기 위해서는 일단 로또를 사야 하기 때문이다.

로또 1등이 되면 뭘 할지 떠드는 것은 언제나 재밌다. 요즘 로

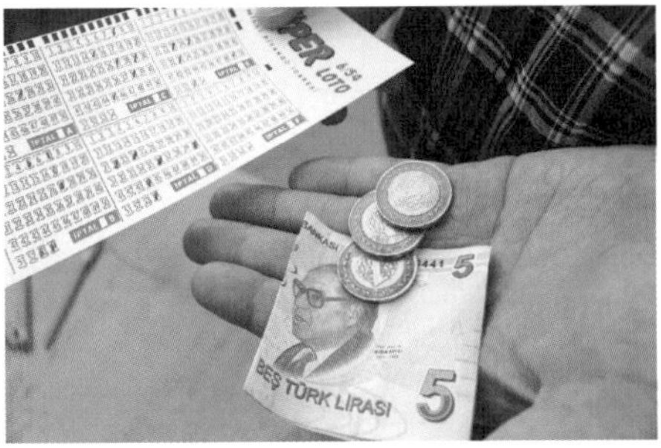

항상 사람들로 붐비는 터키의 로또 가게

또 1등 당첨금은 얼마인가 궁금해서 찾아봤더니, 세금을 떼고 난 뒤 평균 수령액이 10~15억 정도라고 한다. 집 사고 차 사면 남는 게 없다고 할 정도로 1등치고는 적은 돈이라고 말하는 사람들도 있지만, 현금으로 10억이 넘게 공돈이 생긴다니 상상만 해도 신나는 일이다. 만약에 10억이 갑자기 생긴다면 뭘 할까? 갖고 싶은 게 있나? 그런데 떠도는 생활을 오래 해서인지, 갖고 싶은 건 아무리 생각해봐도 별로 없다. 집이나 차가 있으면 얽매이게 될 것 같다. 그 대신 하고 싶은 건 셀 수 없이 많다. 남극 여행이나 뉴질랜드 캠핑카 여행처럼 비용이 많이 드는 여행도 여유롭게 할 수 있겠지? 머리 아프고 복잡한 건 싫으니까, 그냥 통장에 넣어 야금야금 조금씩 쓰면서 지금처럼 여행하면 좋겠다. 일은 적당히 무리하지 않을 만큼만 해야지. 여유가 생기면 경험을 조금 더 다양하게 할 수 있지 않을까, 배우고 싶은 것도 이것저것 더 많이 배우고. 소중한 사람들에게 좀 더 마음을 나누고, 많이 베풀면서 살고 싶다는 생각도 해본다. 지금처럼 여행하고, 글 쓰고, 사진 찍으면서 즐겁게 살아야지.

그런데 이렇게 말해놓고 보니, 로또 1등이 된다고 해서 우리가 지금 살아가는 모습이 크게 바뀌지는 않을 것 같다. 로또 1등이 되지 않았고, 1등만큼 돈이 있는 것도 아니지만, 로또 1등이 된 사람처럼 살고 있네, 우리! 그러니 지금처럼만 꾸준히 일하고 여행하면서 살 수 있기를 바라본다.

물론, 로또 사는 건 돈 아깝다며 그 돈으로 주식을 하는 게 낫다는 현실적인 지인들도 있다. 그러나 일주일 치 기쁨에 5천 원을 쓰는 것은 가성비가 나쁘지 않다. 1등이 될 확률이야 애초부터 워낙 적으니 당첨이 안 된다고 좌절하거나 슬퍼할 필요 없고, 발표일 전까지 내 마음대로 재밌는 상상도 해볼 수 있다. 로또가 안 되더라도 '또 꽝이네, 자 그렇다면 일확천금을 바라지 말고 열심히 일을 하자!'라는 건설적인 생각도 드니까(하지만 다시 다음 주 로또를 기대한다) 여러모로 즐거운 소비다. 그러므로 나는 로또 사는 것을 결코 낭비라고 생각하지 않는다. 5천 원에 사는 기대와 설렘은 충분히 일상의 활력소가 된다(당연하게도 무엇이든 지나치면 문제다).

그런데 이 무시무시한 확률을 뚫고 실제 로또 1등에 당첨된 사람 중 무려 1/3이 파산한다는 뉴스를 봤다. 갑자기 생긴 돈을 쉽게 써서 탕진해버린다는 것이다. 그 뉴스를 본 남편이 말했다.

"우리가 1등 되면 진짜 잘 쓸 수 있는데! 허튼짓 안 하고!"

올해 뉴욕에 가면 미국 로또를 한번 사 봐야겠다.

여전히 놀 궁리를 합니다

요즘 우리 부부의 관심은 '어떻게 하면 더 재밌게 놀까?'이다. '놀기'는 여러 가지로 정의할 수 있겠지만, 어쨌든 '어떻게 하면 돈을 더 많이 벌 수 있을까'나 '어떻게 하면 커리어를 더 쌓을 수 있을까'와는 거리가 상당히 멀다. 어떠한 목적 없이 그냥 순수하게 하고 싶어서 하는 것이고 재미와 즐거움만을 추구하는 취미 같은 거니까.

얼마 전부터 아침에 일어나 가볍게 스페인어와 베트남어를 공부하고 있다. 공부라고 하기엔 민망할 정도로 너무나 짧은 학습이지만, 그래서 오히려 지루하지 않고 재밌다. 실제로 공부보다는 놀기에 가까운데, 누가 시켜서 하는 것이 아니라 더 즐겁게 여행하기 위해 배우는 것이기 때문이다. 영어도 잘 못하면서 무슨 스페인어에 베트남어인가 싶기도 하지만, 뭐 어떤가. 가볍게 조금씩 알아가는 것 자체로 즐겁다. 이걸로 시험을 볼 것도 아니고 논문을 쓸 것도 아니니 부담스러울 것이 전혀 없다. 멕시코를 시작으로 중남미를 여행하게 되면 스페인어를 쓸 일이 많아질 텐데, 그때 현지인들과 소통할 수 있으면 얼마나 좋을까? 영어권이 아닌 국가를 여행할 땐 항상 그 나라말로 안녕하세요, 감사합니다, 맛있어요, 숫자 1에서 10까지 정도는 알아간다. 잊어버릴 수도 있으니 메모해서 스마트폰 잠금 배경화면으로 해두는데, 몇 마디 안 되는 정말 기본적인 말이지만 이 말을 건넸을 때 그들이 건네주는 웃음 덕에 여행은 훨씬 즐겁고 풍성해진다. 그러한 이유로 다양한 언어를 조금씩은 할 줄 알았으면 좋겠고, 언젠가 태국어와 힌디어도 배워보고 싶다.

앞으로도 쭉 공부하면서 살고 싶다는 생각을 종종 한다. 수학 공식을 외우고 시험 문제를 푸는 공부 말고, 여행하며 각 나라에 대한 작은 관심이 생겼을 때 그것을 깊이 알아가는 과정이 재밌다. 세계에서 행복 지수가 가장 높은 곳이 핀란드라는데 그 이유와 배경은 무엇인지, 영국에서는 언제부터 차 문화가 발달하게 되었는지, 스리랑카가 왜 최악의 경제난을 겪게 되었는지. 처음에는 작은 궁금증으로 시작했다가 나중에는 역사와 문화, 사회

전반까지 폭넓게 들여다보게 된다. 그런 공부 역시 '놀기'의 범주에 들어갈 것이다. 특히 여행하다 보면, 말 그대로 아는 만큼 보인다. 이야기를 알고 보는 것과 모르고 보는 것은 아예 다른 것이어서 알고 보면 재밌지만, 모르고 보면 지루하다. 조금 더 깊고 풍부하게 여행하기 위해 조금 더 알고 싶은 마음이 든다. 이것 역시 누가 하라고 해서 억지로 하는 공부가 아니라, 스스로 찾아서 하는 공부라 그런지 재밌기만 하다.

악기를 연주하는 것에도 관심이 있어서, 10년 전쯤에는 취미반으로 아주 잠깐 해금을 배웠다. 해금은 한 손으로 줄을 잡고 다른 한 손으로는 활을 잡고 켜면서 연주한다. 처음 한 달 동안은 앞줄 소리 내는 연습을, 다음 달에는 뒷줄 소리 내는 연습을 했고, 석 달째가 되었을 때 동요 정도는 연주할 수 있게 되었다. 하지만 손가락 관절이 약하고 힘이 없는 데다 손목 통증까지 생겨서 해금과의 연은 고작 3개월 만에 끝나버렸다. 짧은 경험이었으나 즐거운 시간이었다. 요즘은 집에서 종종 칼림바를 뚱땅거린다. 막대를 손가락으로 튕기며 연주하는 아프리카의 민속악기로, 작고 가벼워 휴대하기 좋다. 취미로 가볍게 연주하기 좋은 악기랄까. 오르골처럼 맑고 투명한 소리가 나서, 연주하는 사람과 듣는 사람 모두 마음이 차분해진다. 지난 연말에는 크리스마스 캐럴 몇 곡을 연습해 친한 언니네 집에 놀러 갔을 때 들려주기도 했다. 요즘은 기타도 배우고 싶고, 대금과 가야금도 배워

보고 싶다. 이런저런 다양한 악기들을 조금씩은 다룰 수 있었으면 좋겠다.

나이가 들어서도 취미 생활을 꾸준히 하는 어르신들을 볼 때마다 멋지다는 생각이 들고, 가끔은 몇십 년 뒤 우리의 모습을 상상해본다. 남편은 그림을 그려보고 싶다고 하니, 언젠가 우리만의 공간에서 남편의 사진과 그림을 전시하고 나는 그 옆에서 악기를 뚱땅거리면 좋겠다. 한옥에서도 한번 살아보고 싶은데, 한옥에서 대금 연주하는 장면을 떠올리니 절로 웃음이 난다. 좋아하는 사람들과 모여서 이야기도 나누고 커피도 마시면서 즐겁게 살아야지. 아침에는 글 쓰고, 점심에는 악기 연주하고, 저녁에는 책 읽거나 공부하면서 사는 모습. 상상만 해도 좋다. 그러려면 건강해야 하니까 운동도 꾸준히 해야겠지. 우린 걷는 걸 좋아하니까 그때도 이곳저곳 걸어 다니려면 무릎 관리를 잘해야겠다.

나중을 상상해보니 나이 드는 게 두렵지 않다. 건강하기만 하다면 나중에도 우리는 계속 즐겁게 살 수 있을 것 같다. 서른을 앞두고는 불안했는데, 마흔을 앞두고는 기대가 된다. 아직 마흔도 안 되었다니, 너무 젊잖아. 하고 싶은 게 많고, 배우고 싶은 게 많아 행복하다. 더 재밌게 여행하고, 더 재밌게 살기 위해 삶에 재미난 부분을 많이 두어야겠다고 생각한다.

놀 궁리를 하다 보면 뭘 좋아하는지 알 수 있게 된다. 놀 궁리를 해야 사는 재미가 생기고 삶이 풍요로워진다. 사람은 일만 하면서 살 수 없으니까, 놀이에서 힘을 얻고 즐거움을 찾아야 한다. 그리고 놀 궁리를 하면 오히려 일도 열심히 하게 된다. 하루를 더 잘 보내고 싶어진다. 앞으로도 계속 놀 궁리를 하면서 즐겁고 가뿐한 마음으로 살아볼 테다. 재미난 게 많은 할머니, 할아버지가 되는 것이 요즘 우리 부부의 꿈이다.

인생은 짧으니까요

한창 '욜로'가 붐이었을 때가 있었다. 욜로는 'You Only Live Once(한 번 사는 인생)'라는 뜻이다. 원래의 의도는 참 좋았을 텐데, 언젠가부터 "욜로!", "플렉스!"를 외치며 흥청망청 분수에 맞지 않는 소비를 하는 사람들이 늘었다. 욜로가 그런 삶을 합리화하는 말처럼 되어버려 그 인기는 점차 사그라들었다. 사실 이 메시지의 본질은, 한 번 사는 인생이니 내일이 없을 것처럼 오늘만 즐기며 살자는 것이 아니다. 인생은 한 번뿐이라 소중하니, 우리는 짧은 인생을 더 잘 살아야 한다는 뜻이다.

우리 부부는 언제나 죽음을 생각하며 산다. 여행하면서 위험한 순간들이 참 많았다. 신혼여행에서 물놀이하다가 바다에 빠져 죽을 뻔한 적도 있고, 네팔에서는 산사태와 폭우를 겪었으며(당시 정말 많은 사람이 죽거나 다쳤다), 터키에 살 땐 여러 번의 큰 폭탄 테러가 일어났다. 우리가 살던 아파트 바로 옆 광장에서도 폭탄이 터져 얼마나 놀랐던지. 아무리 우리가 안전제일주의 쫄보 여행자 부부라고 해도, 조심하고 또 조심해도 위험한 순간은 예기치 못한 상황에 일어날 수 있다. 한국에서도 마찬가지다. 한 해 교통사고로 사망하는 사람의 수가 한국에서만 3천 명이 넘고, 뉴스에서는 매일 사건·사고가 보도된다. 병원에는 아픈 사람들이 넘쳐난다. 전 세계적으로 코로나 사망자 수는 너무 많아 셀 수가 없을 정도다.

누구나 언젠가는 예외 없이 죽음을 맞이하고, 아무리 백 세 시대라고는 해도 사람 일이라는 게 어떻게 될지 아무도 모르는 거니까. 미래를 꿈꾸고 몇십 년 뒤의 모습을 그려보면서도 한편으로는 당장 내일 죽을 수 있다고, 어쩌면 내일이 아예 오지 않을 수도 있다고 생각하면서 산다. 내일 죽을 수도 있으니 갖고 싶은 거 다 갖고, 하고 싶은 거 다 하며 흥청망청 살자는 것이 아니다. 그저 미래의 행복을 위해 현재를 너무 많이 희생하지는 말자고 남편과 자주 이야기한다. 매일이 행복하지 않은데 나중이라고 행복해질 수 있을까, 오늘이 모여 나의 삶이 되는 것인데. 그러니 하루하루를 잘 사는 것이 결국엔 좋은 삶을 만드는 방법이라고 믿는다.

예전에 한 TV 프로그램에서 13년간 하루도 빠짐없이 영어 공부를 하는 87세 할아버지를 본 적이 있다. 13년 전이라고 해도 74세에 공부를 시작한 것인데, '에이 내 나이에 무슨 공부야?'가 아니라 '시간이 얼마 남지 않았을 수도 있으니 하루라도 빨리 공부를 해야겠다!'라고 생각하셨단다. 지금은 작고한 일본의 시인 시바타 도요는 92세에 처음 시를 쓰기 시작해서 98세에 첫 시집을 출간했다. 그녀는 세계 최고령 시인이자 밀리언셀러 작가가 되었다. 누군가는 늦었다고 말하는 나이에 새로운 도전을 하고 다양한 시도를 하는 분들의 열정은 볼 때마다 놀랍다. 삶을 즐기고 주도적으로 살아가는 것이 진정한 욜로라고 나는 생각한다.

욜로와 플렉스 등이 지나간 뒤, 요즘의 키워드는 '갓생(God+生)'이다. 인터넷에 검색해보니, 신을 의미하는 'God'과 인생을 뜻하는 '생'의 합성어로 부지런하고 타의 모범이 되는 삶을 뜻하는 신조어라고 한다. 어찌 보면 욜로와는 정반대의 개념인데, 그래서인지 요즘 콘텐츠 중엔 '스터디 윗 미(같이 공부해요), 공부 브이로그' 등이 자주 보인다. 유튜브에서 그런 영상들을 보면, 몇 시간 동안 문제집을 풀거나 필기를 하는 등의 정말 공부하는 모습만 나온다. 공부 외에도 아주 작은 소소한 계획들을 세우고 이루어가는 과정 역시 '갓생 살기'의 일부다. 아침에 일어나서 '물 한 잔 마시기, 방 청소하기, 건강한 식사하기'와 같은 작은

시티투어버스 타고 드라이브, 파리의 2층 버스에서

축구 좋아하는 남편의 행복한 얼굴, 런던 첼시 구장에서

목표를 세워 실천하고, 소소한 루틴을 만들어 지키면서 단단한 일상을 세우는 것이다. 자기계발을 위해 힘쓰고, 무엇이든 배워 보려 노력한다. 그렇게 매 순간 작은 행복에 집중하면서 열심히 한번 살아보자고 다짐하는 것이다. "오늘부터 갓생!" 하면서.

욜로든 갓생이든 결국은 행복하게 살아보려는, 내 인생을 내 의지대로 한번 살아보려는 노력이 아닐까 싶다. 시대는 변하고 키워드는 달라졌지만, 결과적으로 모두가 바라는 것은 언제나 행복한 삶일 테다. 생각보다 인생은 길지 않을 수 있고, 각각의 인생에는 저마다의 의미가 있으며, 삶의 방향 전부는 아니더라도 어느 정도는 스스로 선택할 수 있다고 믿는다. 욜로로 살든 갓생으로 살든, 언젠가 떠나는 순간이 왔을 때 "정말 재밌게 잘 살았어, 이번 생은 행복했어"라고 할 수 있기를 바란다. "나는 왜 그렇게 하지 못한 게 많았을까, 왜 그렇게 살았을까"가 아니라, "그래도 이만하면 하고 싶었던 것도 많이 하고 재미나게 신나게 잘 살았네, 좋은 삶이었다!"라고 할 수 있었으면 좋겠다. 그날을 위해서 우리는 오늘도 욜로를 외치고 갓생을 산다. 행복한 하루에 집중하면서. 인생은 짧으니까요.

4장

'함께'라서 행복합니다

긴긴 기다림 속에서도

"한국인은 밖으로 나갈 수 없습니다."

"겨울옷이 수하물 가방 안에 있는데, 어떻게 옷이라도 좀 꺼낼 수 없을까요?"

"안 됩니다."

베트남 다낭에서 출발해 도착한 말레이시아 쿠알라룸푸르 공항, 출입국 관리소 직원의 입장은 단호했다. 몇 미터 앞에 컨베이어 벨트가 돌아가고 있는 것이 보였다. 저 중에 우리 짐이 있을 텐데, 그 안에 유일한 겨울옷이 있었다. 오늘 입으려고 일부러 며칠 전 H&M에 가서 산 후드집업과 긴 바지였다.

"그럼 저희 짐은 어떻게 해요?"

"인천공항에 도착하면 분실 신고를 하세요. 그럼 다음 비행기로 보내드립니다."

"다음 비행기는 언제 있어요?"

"이틀 뒤에요. 결항이 안 된다면."

우리는 한국으로 가는 길이었다.

"인천공항까지 바로 가는 비행기가 없다고?"

"응. 아무래도 말레이시아를 경유해야 할 것 같아."

며칠째 머리를 싸매고 있었다. 베트남 현지 소식을 전하는 네이버 카페를 수시로 들락거리면서 상황이 어떻게 돌아가는지 확인했다. 항공편이 속속 결항하고 노선이 축소되더니 김포-제주 간 비행기만큼 많았던 다낭-인천 간 노선이 결국 사라졌다. 항공권 가격은 계속 치솟았고 그마저도 예약이 쉽지 않아 종일 노트북 앞에 붙어 앉아 발을 동동 굴렀다. 어떻게든 하루라도 빨리 빠져나가야 했다. 처음 겪는 일에 혼란스러운 것은 모두가 마찬가지여서 실시간으로 상황이 급변했다. 코로나 팬데믹이었다.

직항이 없어졌으니 경유밖에는 답이 없었고, 말레이시아 쿠알라룸푸르를 경유하는 항공권을 가까스로 구했다. 5시간 거리를 거의 24시간이나 걸려 돌아가야 하는 데다 자가 환승 티켓이었지만, 그런 걸 따질 처지가 아니었다. 자가 환승은 말 그대로 스스로 알아서 환승을 해야 한다는 뜻이다. 연결편이 지연, 결항하거나 문제가 생겨도 항공사에서 도움을 주지 않는다. 경유 대기 시간에 여유가 있고 공항 밖으로는 나가지 않을 거니까 별문제 없겠지. 나가서 짐을 찾은 뒤 다시 부치고 들어오면 되겠지 생각했으나 쿠알라룸푸르에 도착했을 땐 예상치 못한 문제가 있었다. 제3국에서 얼마나 체류했든 간에 한국인은 말레이시아에 입국 불가라는 것이었다. 대구 경북의 상황이 심상치 않았던 시기였다.

세계 여행을 하며 한 번도 국적 때문에 문제가 된 적은 없었다. 오히려 한국 국적은 어딜 가나 환영받는 편이었다. 출입국 관리소 직원들이 웃는 얼굴을 한 채 서툴게나마 한국말로 "안녕하세요~"라고 해준 적도 참 많았다. 입국 시 이런저런 질문을 하지도 않았고 비자 없이 입국 가능한 곳은 또 얼마나 많은지 나라를 이동할 때마다 대한민국 여권의 힘을 실감했다. 그런데 한국인이어서, 우리가 대한민국 여권을 가지고 있어서 입국이 안 된다니!

당황했지만 침착하게 환승 부스로 가서 차근차근 설명했다.

"잠시 경유하는 거라 공항 밖으로 나가지 않을 거예요. 여기 티켓 보세요. 한국은 지금 겨울이고, 옷과 신발이 수하물 가방에 있어요."

"방법이 없어요."

어쩔 수 없었다. 그래, 어쨌든 몸이라도 잘 도착하면 좋겠다는 생각으로 비행기에 올랐고 결국 무사히 인천공항에 도착했다. 비행기 바퀴가 활주로 바닥에 닿았을 땐 눈물이 날 것만 같았다. 다들 컨베이어 벨트에서 짐이 나오기만을 기다리고 있었는데 우리만 짐이 없었고, 이틀 뒤 한국에 오는 비행기가 결항하지 않고 잘 뜨기만을 바라면서 수하물 분실 신고를 했다. 텅 빈 인천공항의 모습은 무척이나 낯설었다. 반팔, 반바지에 슬리퍼를 끌고 공항을 빠져나오자 영하의 추위에 몸이 오들오들 떨렸지만, 잘 도착했다는 안도감에 그간의 스트레스가 다 날아가는 듯했다. 앞으로 벌어질 일들은 상상도 하지 못한 채.

한국에 돌아온 것은 2020년 봄이었다. 코로나라고 불리는 바이러스가 전 세계에 창궐했다. 사스나 메르스 때처럼 얼마 지나지 않아 괜찮아질 거라고 생각했으나, 상황은 나아질 기미는커녕 점점 심각해지기만 했다. 함께 일하던 여행사들은 직원을 축소하거나 문을 닫았다. 예정되어 있던 일들 역시 무기한 연기되거나 취소되었다. 하늘길은 막혔고, 여행이 멈췄다. 어딜 가나 마스크를 쓰는 생활이 일상이 되어버렸다. 무엇보다도 이런 상황이 언제까지 이어질지 알 수 없어 막막했다. 마음을 다잡으려고 애를 써도 한 번씩 무너지는 순간이 있었다.

여행이 너무 일상 같아서 아니, 정말 일상이었기 때문에 여행할 수 없는 날이 올 거라고는 한 번도 생각해본 적이 없었다. 지금까지 그랬듯, 언제든 원하는 나라와 도시와 계절을 택해 여행

제주 동쪽에서 가장 좋아하는 오름, 지미봉

하며 지낼 수 있을 것으로 생각했는데 내 착각이었다. 살다 보면 어쩔 수 없는 일도 있는 거라고 자주 이야기했지만, 정말 그런 상황이 되어버리자 할 수 있는 것이라고는 그저 버티는 것뿐이었다. 일이 줄었으니 당연히 수입도 줄었다. 불안했지만, 내가 땅굴을 판다고 해서 바이러스가 사라지는 것도 아닌데 언제까지 가라앉아 있을 수는 없었다. 언제나 그랬듯 할 수 있는 것을 하자. 상황이 좋진 않지만, 지금 우리가 할 수 있는 일을 하자.

그렇게 우리는 1년간 살았던 제주로 돌아왔다. 전에 올레길을 걸으며 마음에 두었던 동네에 집을 구했다. 창밖으로 제주 바다가 넓게 펼쳐져 있고, 집 앞에 야트막한 오름이 있고, 산책하

걷기 좋은 제주, 올레길 20코스에서

기 좋은 길이 있는 조용한 동네였다. 나무 냄새와 풀 냄새를 맡고, 새소리를 듣고, 제철 과일과 채소를 챙겨 먹었다. 제주의 자연은 언제나처럼 우리를 따뜻하게 품어줬다. 밀려있던 여행기를 하나씩 정리해서 올렸고, 비대면 여행 강의를 시작했다. 책 출간을 위한 원고도 꾸준히 썼다.

그러던 어느 날, 우연히 서귀포에 있는 이중섭미술관 창작스튜디오 전시실의 대관 공고를 보게 되었다. 선정된다면 무료로 전시실을 대관할 수 있다는 말에 바로 신청서를 작성해 보냈다. 그리고 2021년 꽃 피는 봄, 우리가 사랑하는 제주에서 첫 사진 전시회를 열었다. 떠나지 못해 답답하고 모두가 힘든 시기에 조

이중섭미술관 창작스튜디오, 산티아고 순례길 사진전 [함께, 775km]

금이나마 위로가 되는 시간이기를 바라며, 두 번의 산티아고 순례길에서 남편이 찍었던 서른세 점의 사진을 전시했다. 처음이라 시행착오도 많았지만, 일주일의 전시 동안 정말 행복했다. 우연히 지나다 들른 분들, 일부러 시간 내어 찾아오신 분들과 길 위에서의 시간을 나누었다. 사진전은 돈을 버는 것보다 쓰는 일에 가까웠지만, 그런 것은 상관없었다. 2021년에 가장 잘한 일로, 우리는 그 전시를 꼽는다.

한국에 들어온 지 벌써 2년이 다 되어간다. 예상보다 훨씬 길어진 팬데믹에 외출 자제와 거리 두기는 여전하지만, 그럼에도 세상은 굴러간다. 관광청과 여행사들은 언젠가 코로나가 끝나면 꼭 우리나라로 여행 오시라며 자리를 지키고 있다. 모두가 각자의 자리에서 적응하고 버티며 할 수 있는 것을 한다. 힘든 시기도 언젠가는 지나갈 것이다. 여행이 돌아올 날을 기다려본다.

걱정보다는, 문제없어!

세계 여행을 떠난 지 2년 반, 행복했던 여행의 끝이 보이는 듯했다. 제주의 사계절을 경험해보겠다는 버킷리스트를 이루기 위해 우리는 무작정 제주로 향했다. 한국에서도 여행하듯 지내야지 다짐했고, 그곳에서라면 일상을 여행처럼 살 수 있을 것 같았다. 제주도는 학교 다닐 때 수학여행으로 한 번, 그리고 연애할 때 한 번 여행한 게 전부였다. 섬에 아는 사람이라고는 한 명도 없었고, 통장에는 딱 한 달을 버틸 수 있을 만큼의 생활비가 남아있었다. 제주에도 일자리는 있겠지, 조급하지는 않았다. 일단 터키에 살 때 계약했던 첫 에세이를 마무리했다. 올레길을 걷고 글 쓰고 사진 찍으며 로컬 큐레이터로 활동했다. 하루하루에 집

중하는 시간이었다.

지나고 나서 사람들과 대화하다 그때 얘기가 나오면 다들 깜짝 놀라며 “그렇게 돈이 없었다고? 걱정 하나 없이 편하고 좋아 보였는데?”라고 말한다. 곧 생활비가 떨어질 텐데 어떻게 그렇게 여유로웠는지 모르겠지만, 실제로 걱정이 아예 없던 것은 아니었다. 하지만 걱정을 하면 꼬리에 꼬리를 물고 이어져서 그것이 또 꼬리에 꼬리를 문다. 게다가 걱정은 걱정을 낳고…. 그런다고 해서 해결되는 것은 아무것도 없다는 것을 아니까, 걱정할 시간에 뭐라도 하면 되지 않겠냐는 마음이었다. 1년 뒤 통장 잔고는 조금 늘어있었다. 그 돈을 들고 태국으로 떠났다. 다시 일을 시작하게 된다면, 앞으로 긴 여행은 어려울 거야. 태국은 우리가 가장 좋아하는 곳이니까, 마지막 장기 여행이라 생각하고 가보자. 3개월 정도는 지낼 수 있을 거야. 그리고 정말 신기하게도 그때부터 일이 잘 풀리기 시작했다. 정말 이렇게 살 수도 있겠다는 생각, 여행으로 먹고살 수 있겠다는 확신이 들었던 것도 그 무렵이었다.

원래부터 이렇게 대책 없이 속 편한 사람이었냐 하면, 그건 아니다. 나는 뭐든 계획하고 안전한 것을 추구하고, 혹시 모를 상황을 대비하여 미리 준비하는 쪽에 가까운 사람이었다. 계획한 것이 제대로 되지 않으면 스트레스를 받기도 했다. 돌이켜 보면 모험 체질이 아닌데 세계 여행을 하겠다는 마음을 먹은 게 신기하다. 문제는 여행을 하다 보면 모든 게 정말 내 맘대로 되지 않는다는 것이다. 예상하지 못한 일들은 언제 어디서라도 갑자기 생겼다. 타려던 비행기가 갑자기 결항돼서 일정이 엉망이 되기도 하고, 심지어는 내 힘으로는 어찌할 도리가 없는 자연재해나 테러가 일어나기도 했다.

인도네시아 발리를 여행할 때의 일이었다. 욕야카르타Yogyakarta에서 출발해 2박 3일간 브로모화산Gunung Bromo과 이젠화산Kawah Ijen을 거쳐 발리로 가는 투어에 참여했다. 투어의 마지막 날 이젠화산의 칼데라호를 보고 내려오는 길, 반대편 저 멀리서 뭉게뭉게 연기가 나는 것이 보였다. 옆에 다른 여행자 아저씨가

"볼케이노!" 하시길래, 저기도 무슨 화산이 있나 보다 했는데 숙소에 도착해서 뉴스를 보니 라웅화산Gunung Raung이 폭발했다는 게 아닌가. 우리가 본 연기는 화산의 분화로 인한 화산재였다. 정말 화산이 터진 것이었다. 발리 공항은 폐쇄되었다. 며칠 뒤 발리를 떠날 예정이었던 우리는 이대로 발이 묶이는 건가 했지만, 할 수 있는 건 없었다. 긴 여행에서는 이런 일이 생각보다 자주 일어나고, 계획이라는 걸 해봐야 그대로 되지 않을 때가 훨씬 더 많았다. 그럴 때마다 짜증을 내면 기분만 상할 뿐 나아지는 것은 아무것도 없었다.

"걱정을 해서 걱정이 없어지면 걱정이 없겠네"라는 유명한 티베트 속담이 있다. 걱정을 해서 걱정이 없어지면 참 좋겠지만, 걱정만 해서는 달라지는 게 없고 스트레스를 받아 건강만 해친다. 그러니 일단 일어난 일에 대해서는 끙끙대지 않으려고 한다. 이미 일어난 일은 어쩔 수 없고, 그렇다면 지금 상황에서 할 수 있는 일을 고민하는 편이 낫기 때문이다. 그래도 어쩔 수 없는 일이라면 누군가에게 도움을 받든 지나가길 기다리는 것이 현명할 것이다. 지나친 걱정이 두려움을 낳고 그것이 불안으로 이어질 때마다 심호흡하며 생각한다. 걱정한다고 해결되는 것은 없어.

이런 마음을 잊지 않기 위해 배낭에 새긴 마법의 주문이 있다.

하쿠나마타타! '문제없다'라는 뜻의 스와힐리어다. 〈라이언 킹〉에서 티몬과 심바가 이 노래를 부르는 장면을 정말 좋아한다. "하쿠나마타타!"라고 외치면 정말 뭐든 잘될 것만 같은 기분이 든다. 대책 없는 낙관이 아니라, 한 치 앞도 알 수 없는 미래를 걱정하며 시간을 낭비하다가 정작 중요한 지금을 놓치지 말라는 말로 들린다. 그리고 정말 하루하루 잘 지내는 것에 집중하다 보면 어느새 좋은 방향으로 일이 풀리곤 했다.

걱정과 불안이 오기 전에 일단 뭐라도 시작하는 습관이 있다. 걱정과 불안은 뭔가를 시작하기 어렵게 만드니까. 그것을 할 수 없는 이유를 일부러라도 만들어내고 합리화해서 가능성을 없애버린다. 완벽할 때 시작할 수 있는 것은 없는데도 주저주저하다가 시도조차 하지 못한다. 하지만 경험해보지 않으면 모르고, 모르는 것을 선택할 수도 없는 노릇이라 아무것도 하지 않으면 아무것도 선택할 수 없게 된다. 그러니 뭐라도 시작해본다. 모든 경험은 다 쓸모가 있다는 생각으로. 지금은 오히려 내일, 모레, 1년 뒤에 어떤 날들이 펼쳐질지 궁금하고 설렌다. 걱정보다는 그때의 내 모습이 어떨지 기대가 된다.

가끔은 뭐 어때, 아니면 말지, 하는 마음이 필요할 때가 있다. 종종 잘 안될 때도 있지만 그러면 뭐 어때, 세상이 끝난 것도 아닌데. 결국 할 수 있는 것은 걱정보다는 오늘을 잘 사는 것이다. 나의 소중한 하루를 위해 하쿠나마타타!

배낭에 새겨둔 하쿠나마타타

악플에 대처하는 슬기로운 자세

"엇, 자기야 지난번에 인터뷰했던 거 메인에 떴다. 그런데 이거 제목이…."

'29세 동갑 흙수저 부부의 세계 여행 도전 뒷얘기'라는 제목을 보자마자 느낌이 왔다. 이번에도 악플이 주렁주렁 달리겠구나. 첫 책『메밀꽃 부부 세계일주 프로젝트』의 출간 후, 몇 군데 매체에서 인터뷰 요청이 있었다. 그중 하나가 포털 사이트 메인에 올라갔다. 여행을 떠난 계기, 부부가 함께하는 긴 여행에 대한 이야기, 불확실한 삶을 대하는 태도 등 평소에 우리가 하는 생각을 자연스럽게 풀어낸 내용이었다. 인터뷰 내용 자체가 자극적인 건 아니었다. 오히려 심심한 쪽에 가까웠다. 다만 제목이 너무나도 자극적이었다. '흙수저 부부'라니…. 메인에 올릴 때 클릭 유도를 위해 눈에 확 띄는 타이틀을 쓰는 건 이미 알고 있었지만, 가만히 있던 우리는 별안간 흙수저 부부가 되어버렸다. 아니나 다를까 자극적인 타이틀과 메인에 걸린 효과로 해당 글의 조회 수는 8만 회를 넘겼고 백 개가 넘는 댓글이 달렸다. 잘 올라갔는지 기사만 얼른 본 뒤 오른쪽 상단의 엑스를 살포시 클릭했다면 참 좋았을걸…. 굳이 댓글을 눌러 백 개가 넘는 댓글을 하나하나 다 읽어보았다. 그중에는 '그렇게 살다가 나중에 후회한다', '체력이 좋으니 나이 들어 폐지는 잘 줍겠다', '얼른 아기 안 낳고 뭐 하냐, 애가 없으니 저렇게 사는 거다', '여행하는 게 자랑이냐', '책 광고네, 안 산다'를 비롯해 외모 지적까지 다양한 내용의 악플들이 있었다. 곱지 않은 시선으로 보는 사람들이 있을 거라고 예상은 했지만, 댓글은 역시 괜히 봤다 싶었다.

심장이 쿵 하고 바닥으로 떨어지는 기분이었다. 악플은 아무리 봐도 익숙해지지 않는다. 무플보다 악플이 낫다는 말도 있지만, 나는 잘 모르겠다. 백 개의 좋은 말을 들어도, 한 개의 악플로 무너져 내릴 수 있는 것이 사람의 마음이다. 악플은 유명 연예인에게만 해당하는 이야기는 아니어서 요즘은 개인에게도 심각한 문제라는 뉴스가 자주 보인다. 심하면 고소까지 진행되는 경우도 많은 듯하다. 악플은 무섭고 힘이 세다. 무시하려고 노력해도 이미 보고 들은 게 없던 일이 되지 않는다. 내가 왜 모르는 사람들에게 이런 말을 들어야 하나 억울하고, 이 사람은 누군데 나한테 이렇게까지 날카로운 말을 하는 건지 화가 난다. 가만히 있다가도 문득 그 한 줄이 나타나서 나를 괴롭힌다. 내가 뭘 그렇게 잘못했을까…. 마음이 쪼그라들고 생채기가 남는다.

보지 말걸 괜히 봤다며 의기소침해 있는데, 남편은 천하태평 아무렇지 않은 듯했다. 이번뿐 아니라 남편은 항상 그랬다. 남들이 뭐라고 하건, 이러쿵저러쿵 무슨 말을 하건 별로 신경 쓰지 않았다. 관심이 없다고 표현해야 더 정확하려나. 나의 저기압 상태를 알아차린 남편이 다가와 말을 걸었다.

"악플을 쓰는 사람의 목적은 상대방의 기분을 상하게 하는 거야. 잘 알지 못하는 사람들이 하는 얘기에 신경 쓰지 마. 스트레스를 받으면 건강에 해로워. 그런 말 때문에 오늘 하루 망치면 아깝잖아. 응? 그리고 봐봐. 응원해주는 댓글이 더 많아."

소심하기 짝이 없는 아내를 달래주고 기분 풀라며 달달한 간식을 챙겨주는 건 언제나 남편뿐이다. 남편은 어떤 상황에서든 좋은 점을 찾아내고, 나쁜 것보다는 좋은 것을 크게 볼 줄 아는 사람이다. 밖에 나가 상쾌한 공기를 마시며 산책을 하고, 저녁으로 맛있는 걸 먹었더니 기분이 한결 나아져서 내 소중한 하루를 무사히 지켜낼 수 있었다.

악플러는 어쩌면 쓰레기를 무단투기하는 사람과 비슷하다는

풍등을 날리며 소원을 비는, 치앙마이의 이펭 축제

생각이 든다. 지나가는 길에 아무 데나 쓰레기를 던지고 사라지는 사람. 내가 마음에 들지 않고 싫어서 일부러 던져놓고 간 것일 수도 있고, 기분 나쁜 일이 있어 어디든 화풀이하고 싶은 마음으로 던진 것일 수도 있다. 어쨌거나 쓰레기를 무단투기한 사람은 이미 버린 쓰레기에 대해서 신경 쓰지 않는다. 버렸으니 그만이다. 하지만 집 앞에 쓰레기가 있는 것을 발견한 나는 당황스럽고 속이 상하다. '누가 왜 이런 쓰레기를, 왜 하필 우리 집 앞에다 버린 걸까', '일부러 여기다 버린 거라면 이걸 버린 사람은 도대체 어떤 사람일까' 등 오만 가지 생각을 하며 쓰레기 앞에서서 끙끙 앓는다. 반면 남편은 쓰레기에 의미 같은 건 두지 말고 빨리 치우면 된다고 생각하는 사람이다. 그대로 뒤봤자 썩어서 냄새나 나고 벌레나 생길 것이 뻔하니까, 가능한 한 빨리 치워버리고 잊어버리자고 말하는 사람. 지저분한 것보다는 깨끗하고 예쁜 것을 보면서 오늘 하루를 즐겁게 보내자고 말하는 사람. 남편 덕에 구겨졌던 마음이 조금 펴진다.

요즘은 여행하면서 찍었던 영상을 편집해 유튜브에 하나씩 올리고 있는데, 역시나 종종 '싫어요'가 눌린다. 가끔이지만 여전히 블로그나 기사에 악플이 달릴 때도 있다. 그럴 땐 그냥 조용히 댓글 삭제 버튼을 누른다. 기분이 좋진 않지만, 그래도 전처럼 쪼그라들거나 생채기가 나진 않는다. 쓰레기를 무단투기하는 사람의 행동을 내가 어쩔 수는 없지만, 던지고 간 쓰레기를 어떻게 할지는 선택할 수 있으니까. 만날 일 없는 사람들의 말에 휘둘려 오늘 하루를 울적하게 보낼 필요는 없다. 좋은 것만 곁에 두어도 하루가 부족하다. 무엇보다 쓰레기 대신 꽃을 주는 사람들이 훨씬 더 많다. 이것이 우리 부부가 악플에 대처하는 슬기로운 자세다.

그럴 수도 있지 뭐

강연 경험이 거의 없었던 때의 일이다.

'내가 무슨 말을 하고 있었더라?'

갑자기 머릿속이 백지장처럼 새하얘지더니 지금까지 무슨 말을 했는지, 이다음에 무슨 말을 하려고 했었는지 전혀 생각이 나질 않았다. 여러 사람 앞이라 긴장을 잔뜩 한 데다가, 긴장하지 않은 척을 하느라 오히려 더 많이 긴장해버린 탓에 강연 시간 내내 듣는 분들의 눈치만 살피고 있었다. 다행히 금방 정신을 차리긴 했지만, 그 이후로 정확히 무슨 말을 했고 어떻게 떠들었는지는 기억이 잘 나질 않는다. 중간중간 버벅댔던 것도 같고, 멋쩍게 웃었던 것도 같은데 어찌 됐건 부끄러운 기분이 들었다는 것만은 또렷하다.

집으로 돌아오는 길엔 둘 다 말이 별로 없었다. 귀한 시간을 내어 찾아와준 분들에게 좋은 이야기를 들려드리고 싶었는데, 어쩐지 다 망쳐버린 것 같다는 생각이 들었다.

"앞으로 강연 같은 건 하지 말까 봐. 사람들 앞에서 말하는 거 우리랑은 안 맞는 것 같아."

처음 강연 요청이 왔을 때 '한번 해볼까?' 생각했던 것은 재밌는 경험이 될 것 같아서였다. 그동안의 경험을 바탕으로 여행 이야기를 나누고, 사는 이야기도 들려드리면 될 거라 생각했다. 어렵지 않을 것이라 여겼다. 그런데 생각보다 쉽지가 않았다. 너무 긴장을 했고, 어떻게든 의미 있는 시간으로 채워야 한다는 부담 때문인지 이 말 저 말을 쏟아내고는 후회했다. 재밌는 경험이 될 것 같아서 시작했는데 재밌지가 않았다. 우리 스스로가 그 시간에 만족하지 못하니 찜찜한 기분이 드는 게 당연했다. '무엇이 문제였을까.' 집에 돌아와 가만히 생각해보았다. 이럴 때는 마치 내 일이 아닌 것처럼 문제를 조금 멀리 떨어져서 보면 어디서부터 풀어가는 게 좋을지 매듭의 실마리를 찾기 쉽다. 경험이 부족해 노련하게 시간을 끌고 가지 못한 것도 물론 있었지만, 원고와 자료 준비가 너무나도 부족했다는 것을 깨달았다. 조금 더 꼼꼼하게 준비했어야 했다. 연습도 여러 번 해야 했고, 시간을 어떻게 나눠서 이야기를 구성할 것인지도 생각했어야 했다. 뒤늦게 여러 가지 아쉬운 점이 보였다. 다음번엔 잘할 수 있을 것 같은데….

"우리 다음에 딱 한 번만 더 해볼까? 그러고도 이번과 비슷한 기분이 들거나 즐겁지 않다면 앞으로는 하지 말자."

얼마 후 다른 곳에서 강연 요청이 왔다. 이번엔 원고를 훨씬 꼼꼼하게 쓰고, 하루 전날 합을 맞춰보기도 하면서 지난번에 부족하다고 느꼈던 부분들을 보완해 신경 써서 준비했다. 스물다섯 분 정도가 참여한 도서관 강연이었고, 준비한 자료를 바탕으로 다양한 이야기를 들려드렸다. 여행하며 직접 찍었던 사진들을 보여드리면서 이런저런 에피소드를 재밌게 풀어나갔다. 적극적인 참여 덕분에 내내 자연스럽고 편안한 분위기가 이어졌다. 만족스러운 시간이었다. 그렇게 마지막까지 잘 마무리하고 인사를 하던 중, 어떤 분이 "메밀꽃 부부를 섭외해주신 도서관 측에 감사하다"라는 말을 해줬다. 그 순간 눈물이 핑 돌았다. 잘 끝내고 나자 시원한 사이다를 원샷한 것처럼 후련하고 개운한 기분이 들었다. 딱 한 번만 더 해보기로 했던 그날 이후로 용기를 얻어, 이제는 매번 즐거운 마음으로 자료 준비를 한다.

코로나 시대 비대면으로 여행 강의를 진행한 지 2년이 다 되어간다. 여행업이 멈춰버린 힘든 시기에도 매달 일을 할 수 있어 감사하고, 무엇보다도 지금은 많은 사람과 여행 이야기를 나누는 그 시간이 어느 때보다 즐겁고 또 재밌다. 그 시간만큼은 함께 여행하듯 세계 여러 곳으로 떠난다. 이번엔 어떤 분들을 만날지 기대가 되고 설렌다. 역시 경험과 연습만이 답인지, 이제는 떨거나 버벅대지 않는다. 농담도 잘하고, 여유롭게 시간을 끌고 갈 줄 알게 되었다. 물론 경력이 오래된 전문 강사분들과 비교할 바는 아니지만, 그래도 우리가 할 수 있는 한 즐겁게 시간을 채우고 있다.

강연 같은 건 하지 말걸 그랬다고 우리에게 실망해서 의기소침했던 날이 가끔 떠오른다. 다 망쳤다고만 생각했다. 하지만 누구나 처음부터 잘할 수는 없고, 모든 결과가 항상 좋을 수만도 없다. 우리는 자기계발서에 등장하는 완벽한 인물이 아니니까. 부족했을 수 있고, 마음에 안 들 수 있고, 망할 수도 있고, 잘하지 못해서 엉망진창처럼 보일 수도 있겠지만 그냥 그럴 수도 있는 것이다. 하고 있는 일이 잘 안 풀리거나, 사람들의 평가가 신경 쓰이고 속이 상할 때면 그냥 그럴 수도 있다고 생각해본다. 너무 심각하게 생각하지만 말고, 경험이라 여기며 고칠 수 있는 부분은 고쳐보고 나아질 수 있는 부분은 노력해보고, 내가 어쩔 수 없는 부분이라면 받아들이기도 하면서.

뭘 좀 엉망으로 했다고 해서 나까지 망한 건 아니니까, 다음에 조금 더 잘 해보면 될 일이다. '좀 못할 수도 있지, 그럴 수도 있지 뭐. 하지만, 딱 한 번만 다시 해볼까?' 하는 마음을 가지고.

성벽이 아름다웠던 두브로브니크 올드타운

우리는 무조건 잘돼

연말의 가장 중요한 행사는 다음 해에 사용할 다이어리를 구매하는 것이었다. 그 즐거움을 여행 중에는 포기할 수밖에 없었다. 해외에서는 다이어리 디자인도, 종이 질도 썩 마음에 드는 것을 발견하기 어려운 데다가 배낭 무게가 늘어나는 것이 아무래도 부담스러웠기 때문이다. 일기는 노트북으로, 가계부는 스마트폰 애플리케이션을 이용해 디지털 방식으로 정리했지만, 그래도 나는 여전히 볼펜을 들고 종이에다 끄적거리는 아날로그를 좋아하므로 다이어리를 살 수 없는 연말이 아쉽기만 했다. 그러다 한국에 오니 역시 문구류 천국이다. 정말 오랜만에 다이어리를 사기로 마음먹고 문구류 쇼핑몰을 뒤적였다. 1년 동안 매일 함께할 친구이니 고심해서 마음에 쏙 드는 색상의 다이어리를 골랐다. 제주까지 날아온 택배 상자를 뜯는데 어찌나 설레던지.

12월 연말을 맞아 둘만의 가족회의가 열렸다. 올 한 해를 어떻게 보냈는지, 우리가 연초에 계획했던 것들은 어느 정도 이루었는지, 그리고 내년은 어떻게 살아볼지에 대한 이야기를 충분히 나누는 시간이다. 마무리하고 다시 시작하는 기분이 산뜻해서인지, 12월을 좋아하는 편이다. 나 같은 프로 계획러에게는 바쁜 달이기도 하다.

1년간 제법 많은 일이 있었다. 크게는 사진전 개최와 이사, 작게는 내년 달력 제작, 영상 제작, 카메라 기기 변경 같은 일들. 마음대로 되지 않은 것들도 물론 있었지만, 그래도 올해 우리 모두 고생 많았다며 서로에게 칭찬을 아끼지 않았다. 수고한 나, 수고한 우리 기특하다, 올해도 잘 살았어. 내년의 목표와 계획도 세워보았다. 출간을 비롯해 성취하고 싶은 몇 가지를 적었고, 새로운 일을 벌이기보단 하는 일을 성장시키고 싶은 마음으로 세 개의 새해 키워드를 선정했다. '#꾸준함 #집중 #균형' 이 세 키워드는 한 해를 단단하게 잡아주는 기둥의 역할을 하겠지. 새 다이어리에 써놓고 나니 정말 새해가 오는구나 싶어 설렜다. 이제 한 살 더 먹겠네, 우리.

죽기 전에 정말 하고 싶은 것은 무엇인가, 정말 원하는 것은 무엇인가를 생각해보며 적는 목록을 버킷리스트라고 한다. 한동안 버킷리스트와 관련된 책도 많이 나왔고, 많은 사람이 목록을 길게 적어 공유하곤 했었다. 나 역시 아주 오래전 다이어리에 적어두었던 버킷리스트가 있다. 세계 여행, 제주에서 살아보기, 책 쓰기, 해외에서 살아보기 같은 것들이 적혀 있었다. 이룰 수 있을지 없을지 알 수 없지만 언젠가는 이루고 싶은 로망 같은 것들이었다. 그걸 이루기 위해서 촘촘하게 계획을 했다거나 엄청나게 노력을 한 것 같지는 않은데, 정말 신기하게도 생각보다 많은 바람이 살면서 자연스럽게 이루어졌다.

원하는 것을 마음에 새기면 나도 모르게 몸과 마음이 그쪽을 향하게 되는 것일까. 그래서 하고 싶은 것이 있거나 이루고 싶은 것이 생길 때면 일단 입 밖으로 내고 어딘가에 정성스럽게 적는 습관이 있다. 간절히 바라는 마음을 담아 꾹꾹 눌러 적고 자주 꺼내 들여다본다. 정말 하고 싶은 게 무엇인지 생각해보고, 말하고, 어딘가에 써두는 것. 사실 그것만으로도 벌써 의미가 있다고 믿는다. '죽기 전까지 기다리지 말고 조금씩 해볼까?' 그런 생각이 드니까.

말이 씨가 된다는 건 아무래도 사실인 것 같다. 그 씨는 분명 내 삶에 뿌리를 내리고 싹을 틔운다. 그래서 부정적인 말이나 불평불만보다는 좋은 말을 하려고 노력하고, 하고 싶은 게 있을 때마다 '이것도 할 거야. 저것도 할 거야' 여기저기 말하고 또 적는다. 좋지 않은 일은 항상 연달아 일어나고, 내 마음대로 되는 건 별로 없는 것 같고, '어째서 나한테 이런 일이!' 싶은 일이 셀 수 없이 일어나 우리를 괴롭히지만, 그래도 좋은 말을 해본다. 말에는 힘이 있으니까. 말하는 대로 되니까. 이제부터는 좋은 일만 있을 거라고.

우리 부부가 매일 거르지 않고 하는 말이 있다.

"우린 잘돼!"

'우린 잘될 거야'가 아니라 '우린 잘돼'다. 뭐 가끔 힘든 일도 있을 수 있겠지만, 결국 우린 잘돼. 그런 믿음이 단단하게 우리를 지탱해준다.

그동안의 시간이 쌓여 지금의 우리가 되었을 것이고 앞으로의 모습은 또 어떻게 달라질지 모르지만, 계속해서 되고 싶은 모습과 하고 싶은 일들을 그려본다. 자꾸 말하고, 자꾸 쓰고, 마음에 꾹꾹 새긴다. 그러다 보면 나도 모르는 사이 분명 조금은 그 꿈에 가까워질 테니까.

이건 조금(실은 많이) 큰 꿈인데, 한 20년쯤 뒤에는 작은 산골 마을 같은 것을 이루어 마음이 맞는 사람들과 모여서 소박하게 살고 싶다. 이름은 '메밀 랜드'라고 짓고, 메밀꽃도 잔뜩 심고 싶다. 너무 큰 꿈이라 이룰 수 있을지는 모르겠지만, 그럴수록 더 자주 말해본다. 우리는 언젠가 메밀 랜드에서 산다!

감사하는 마음

"혹시 신라면 갖고 계신 거 있으면 몇 개만 팔아주실 수 없나요?"

"앗, 정말 죄송해요. 저희도 귀한 날만 꺼내 먹었는데, 거의 다 먹어서요. 죄송해요."

이게 도대체 무슨 대화인가…. 어쩐 일인지 터키에 살 때 갑자기 신라면이 수입 금지가 되는 바람에, 다른 지역에 사는 한인 분의 연락이 왔었다. 평소에도 한국 라면은 구하기가 쉽지 않은 데다가 한 봉지에 거의 5천 원에 가까운 엄청난 가격을 형성하고 있었으므로 특별한 날에만 끓여 먹는 귀한 음식 대접을 받곤 했다. 보글보글 끓여 한 젓가락 후루룩 먹으면 고급 레스토랑에서 먹는 어떤 요리와 비교할 수 없을 만큼 맛있었다. 뜨거운 물만 있으면 이렇게 훌륭한 면 요리를 맛볼 수 있다니! K-라면 만세다!

평범한 일상에서는 너무나 당연해서 귀한 줄 몰랐던 것들이, 여행 중에는 그 존재감을 뚜렷하게 드러낸다. 전기가 귀한 나라에서 먹었던 시원하고 달달한 아이스크림 한 숟갈, 구하기가 어려워 특별한 날에만 먹던 한국 라면, 한국에서는 한 번도 속이 터져본 적 없는 인터넷 속도 같은 것들.

그러고 보면 세상에 당연한 것은 없는 것 같다. 항상 곁에 있을 줄로만 알았던 것이 귀해졌을 때, 어리석게도 더는 그것이 당연하지 않을 때가 되어서야 감사함을 느낀다. 미세먼지가 심해져 외출을 삼가라는 경보가 울릴 때면 맑은 공기가 당연하지 않았음을 느끼고, 어딜 가나 마스크를 써야 하는 상황이 되니 사람들과 대면하며 웃고 떠들던 일상의 소중함을 느낀다. 우리는 어째서 뭔가가 없어지고 나서야 감사함과 소중함을 알게 되는 것일까. 특히 코로나가 빼앗아간 일상은 가끔 꿈이 아닌가 싶을 정도로 여전히 믿기질 않는다. 그래도 상황이 조금 나아져서 무관중이었던 공연장에 관중들이 들어찼고, 어느 정도의 모임도 가능해졌다. 마스크를 써야 하고 말을 하지 않아야 한다는 조건이 있긴 했지만. 안전한 관람을 위하여 공연장과 경기장에서는 객석 띄어 앉기를 시행했고, 응원이나 함성 등 비말이 날릴 위험이 있는 행위는 금지였다. 함성과 환호가 없는 공연장과 경기장이라니 앙금 빠진 찐빵이 따로 없지만, 한편으로는 그게 어디인가 싶었다.

주어진 시간이 짧을 때도 마찬가지다. 그래서인지 여행할 땐 어떤 것도 당연하지가 않고, 당연하지 않으니 감사하고 소중하다. 평소였다면 별것 아닌 작은 것에도 특별하다며 사진을 찍고 사소한 모든 것에 감사하게 된다. 날씨가 화창해서, 비가 오지 않아서, 점심으로 먹은 음식이 맛있어서, 우연히 예쁜 카페를 찾아내서 기쁘고 감사한 것이다. 대한민국 대표 여행지인 제주에 살면서, 정말 많은 여행자를 본다. 순간을 즐기고 감사히 여기며 아이처럼 신나 들뜬 여행자들의 얼굴을 볼 때마다 나까지 덩달아 기분이 좋아진다. 여행하는 마음으로 작은 것에 감사하며 살고, 내가 누리고 있는 모든 것이 절대 당연하지 않다는 것을 잊지 않는다면 어떤 상황이든 그곳이 어디든 하루가 특별해질 수 있을 것만 같다.

스마트폰 미세먼지 앱에서 공기가 최고 좋다고 파란색으로 스마일 표시가 뜨면, 얼른 옷을 주워 입고 남편과 함께 집을 나선다. 산책하는 시간은 언제나 귀하고 감사하다. 남편과 매일 함께 있는데도 할 얘기가 끊임없이 있으니 참 고맙고, "그때 먹었던 거 참 맛있었지!", "그때 우리 엄청 고생했어, 그렇지!" 하며 어떤 날의 시간, 공기, 날씨, 느낌, 상황 같은 것들을 전부 공유하고 맞장구쳐줄 사람이 있다니 무엇과도 바꿀 수 없는 행복이다.

고개를 들어 조금만 둘러보면 행복은 어디에나 있다. 그리고 나는 일상 속에 스며있는 수만 가지 감사한 것들을 놓치지 않는 여유를 갖고 살고 싶다. 미세먼지 없이 상쾌한 공기, 분홍빛으로 물드는 노을, 거실로 길게 들어오는 햇살, 아침을 깨우는 새소리 같은 것들. 돈이 들지 않는 온전한 행복들. 누군가에게는 너무 소소해서 시시할 수 있는 행복일지라도, 그런 모든 것을 감사히 여길 줄 아는 마음을 가지며 살고 싶다. 몸과 마음이 바쁘고 소란스럽다는 핑계를 대며 이 행복을 놓치고 싶지 않다.

사람마다 행복의 기준이 다를 것이다. 원하는 행복도 다를 것이다. 하지만 삶을 행복하게 만들어주는 가장 큰 부분은 결국 감사하고 만족하는 마음이라는 생각이 든다. 요즘은 어떤 특별한 일이 있어서가 아니라, 무탈해서 감사하고 행복하다. 별일이 없어서, 아픈 곳이 없어서, 두 발로 걸을 수 있어서, 두 눈으로 노을을 볼 수 있어서, 사랑하는 남편이 곁에 있어서. 큰 행운이 오지 않는다고 낙담하지 않고, 큰 불행이 닥치지 않아 다행이라 생각하면서 산다. 지금 누리고 있는 것에 충분히 감사하고, 그것이 절대 당연하지 않다는 것을 잊지 않고, 곁에 있는 사람들에게 더 많이 표현하면서 소소한 행복을 쌓아가고 싶다.

가끔 불안할 때도 있지만

2022년, 올해로 서른일곱이 되었다. 결혼 10년 차 부부, 아이 없음, 집 없음, 차 없음, 회사 없음. 없는 게 하도 많아 잘 살고 있는 건가 의문이 들 때면, 잘 사는 것이란 도대체 무엇인가를 가만히 생각해본다. 세상에는 사람들이 정해둔 인생의 어떤 표준 규격이 있는 것 같다. '평범하다고 여겨지는', '안정적인 삶이라고 여겨지는' 그런 것. 성실하게 공부해 학교를 졸업하고, 성실하게 취업 준비를 해 번듯한 직장에 취직하고, 성실하게 일해 차근차근 승진하여 연봉을 올리고, 그사이 결혼도 하고 아이도 낳고 노후 준비도 하면서 그렇게 사는 삶.

스물아홉 가을에 회사를 그만두었고 무작정 여행을 시작했다. 긴 휴가라 생각했고, '어떻게든 되겠지' 하는 마음이었다. '어떻게든'이라는 단어를 누군가는 '무책임하다'와 연결할 수도 있겠지만, 오히려 그것은 맨땅에 헤딩해도 괜찮다는 다짐이었다. '우리는 어떻게든 살 수 있다, 어떻게든 살아가며 우리 삶을 꾸려나갈 것이다!'라는 근거 없는 자신감이었다.

이런 나에게도 일을 찾아서 하던 시절이 있었다. 알아주길 바란 것은 아니었지만 일찍 출근하고 늦게 퇴근하며 누구보다도 일에 마음을 다했다. 그러다 언젠가부터 정시 퇴근을 하기 시작했는데 일을 미루고 퇴근하는 것이 아님에도 불구하고 "미나 씨가 요즘 변했다"라는 이야기를 들어야 했다. 퇴근해야 할 시간에 퇴근했더니 일을 덜 하는 사람이 되어버린 것이다. 거의 회사의 역사를 함께했다고 봐도 무방할 과장님의 퇴사도 충격이었다. 누가 봐도 일을 잘하는 분이었고 맡은 바를 똑 부러지게 해내는 분이었으며 회사가 돌아가는 사정을 훤히 꿰뚫고 있는 분이었다. 그런데도 회사는 그분을 승진 대상에서 매번 제외했다. 이미 차장이 되고도 남을 만한 분이었는데 말이다. 장기근속자인 데다 일까지 잘한다면 그에 상응한 포상과 대우를 해주는 게 당연하지 않은가 싶었지만, 회사에서는 오히려 다루기 쉽고 월급도 적은 신입을 더 좋아하는 듯했다. 그래서 과장님의 퇴사는 마치 미래의 내 모습처럼 보였다. 안정적으로만 보이던 회사라는 울타리가 사실은 그렇게 믿을 만한 것이 아닐 수도 있겠다는 생각이 들었다. 그때 나는 일에 대해서 진지하게 고민했다. 매달 통장에 월급이 들어온다고 해서 안정적인 삶일까. 그러다가 회사가 망해버리면? 더는 내가 필요 없다며 날 해고하면?

어쩌면 어릴 때부터 어른들에게서 들었던 그 '표준 규격'이라는 것을 정답이라고 믿으며 마냥 성실하게만 살아온 게 아닐까. 우리는 어느새 그렇게 세뇌를 당했는지도 모른다. 살면서 정말 필요한 것은 안전한 울타리가 아니라, 어느 날 갑자기 울타리가 없어지더라도 내 삶을 내가 온전히 책임질 수 있는 능력과 마음가짐일지 모른다. 누구든 언젠가는 그 울타리에서 나오게 될 테니까 말이다.

단순히 긴 휴가라 생각하고 떠났던 여행에서 다양한 경험을 했다. 낯선 환경에서 매번 다른 사람들을 만나고 생전 처음인 것을 먹고, 보고, 느꼈다. 새로운 곳에 나를 던져놓으니 새로운 것들로 채워졌다. 모든 순간을 소중한 경험이라 여기면, 어느 정도는 내 것이 되고 배우는 게 생긴다. 그것이 당장 어떤 모양으로 나타나지 않더라도, 혹은 '이게 뭐가 되겠어?' 싶은 것일지라도 말이다. 그렇게 우리는 울타리를 벗어났고, 자유로웠고, 감사하게도 하고 싶은 일을 하며 돈까지 벌게 되었다. 울타리에서 나온 대신 긴장과 불안이 덤으로 따라오긴 했지만.

사랑하는 도시, 부다페스트의 밤

지금의 생활이 좋기만 하고 불안하지 않다면 거짓말일 것이다. 원하는 곳에서 원하는 일을 즐겁게 하고 있지만, 그래도 가끔은 언제까지 이렇게 살 수 있을까 막막하고 두려울 때가 있다. 이래서 되겠어? 뭔가 더 열심히 해야 하는 것 아니야? 다른 사람들은 더 열심히 하는 것 같은데? 사람들이 더는 우리 콘텐츠를 찾지 않으면 어쩌지? 일감이 떨어지면 어쩔 거야? 초조한 마음에 자신을 채근하며 흔들릴 때도 있지만, 그럴 때마다 조금 멀리 더 길게 본다. 언젠가는 나오게 될 울타리였어. 조금 일찍 나온 것뿐이야. 그리고 지금까지 한 발 한 발 걸어왔던 길을 가만히 돌아본다. 잘 걸어왔잖아. 잘하고 있어. 앞으로도 잘할 수 있을 거야. 또 혹시 잘 안되면 어때? 계획해서 여기까지 온 게 아니었잖아. 그렇게 여전히 '어떻게든 되겠지' 하는 마음으로 산다. 어떻게든 해나갈 수 있을 거라는 마음으로.

어떤 결정을 할 때 필요한 용기는 그 결정에 대한 것이 아니라, 이후에 만일 내가 생각했던 방향으로 일이 흘러가지 않더라도 삶을 책임지겠다는 마음이라고 생각한다. 모든 게 마음먹은 대로, 내가 생각한 대로 쉽게 되지만은 않으니까. 맨땅에 헤딩할 수 있다는 마음과 어떤 결과가 오든 일단 하루를 잘 살아보자는 마음가짐, 어쩌면 그게 용기일지도 모른다는 생각을 해본다.

울타리가 없는 삶은 아무래도 녹록지 않아 불안 없이 살 수는 없을 것이다. 불안이라는 녀석은 주기적으로 찾아오고, 없애는 방법은 아무래도 없는 듯하다. 하지만 이런 불안도 잘 구슬리고 다독이면 결국 지나간다. 그러니 왔을 때 너무 깊이 잠식되지 말 것. 힘든 순간이 왔을 때 잘 지나가길 기다리고, 불안보다는 오늘의 행복에 더 많이 집중할 것이다. 의심하지 않으면서, 그렇게 오늘을 잘 살아내고 싶다.

"가끔 불안할 때도 있지만, 잘 살고 있습니다."

우리에겐 정답이 없던 여행

프로 계획러인 나는, 회사에 다닐 때나 지금이나 '투 두 리스트'를 꼼꼼히 작성하는 편이다. 한정된 시간에 일을 주체적으로 끌고 가면서도 효율적으로 처리하기 위해서는 순서를 정하는 것이 무엇보다 중요하기 때문이다. 일단 해야 할 일들을 순서에 상관없이 쭉 적어본다. 일에는 항상 더 급한 것과 중요한 것이 있으므로 그걸 기준으로 하여 우선순위를 정한다. 무엇부터 해야 할지 순서가 정해졌다면, 이제부터 하나하나 차근차근히 해나간다. 조금이라도 더 중요한 것에 먼저 집중하는 건데, 이 과정을 별것 아니라 여기고 생략해버리면 뭐부터 해야 할지 몰라 허둥대다가 시간을 낭비하고 야근으로 이어질 때가 많다.

한정된 시간과 에너지를 더 중요하다고 여기는 것에 먼저 쓰는 것. 어쩌면 삶에서 우선순위를 정하는 것 역시 비슷하지 않을까. 일은 밀리면 야근이라도 할 수 있지, 중요하다고 생각했던 것들을 나중으로 미루고 중요하지 않은 것들에 시간을 허비하다가는 후회밖엔 남지 않을 것 같다. 그러니 무엇이 정말 나에게 중요한지 생각해보고, 중요하지 않은 것들은 과감하게 덜어내고, 더 중요하다고 여겨지는 것에 초점을 맞추어 어떻게 살 것인지 방향을 설정해보는 것이다.

2014년 9월 9일은 우리 부부가 세계 여행을 시작한 날이다. 배낭과 편도 항공권을 들고 인천공항에 도착했던 순간이 지금도 생생하다. 처음 메본 커다란 배낭, 처음 가봤던 도미토리, 처음 먹어본 음식까지 모든 게 처음이었던 여행은 하루하루 새롭기만 했다. 모든 순간, 매일 크고 작은 선택을 해야 하는 여행에서의 날들이 마치 게임의 퀘스트처럼 느껴졌다. 세계 여행은 우리 인생을 바꾼 터닝 포인트였다.

여행을 떠났던 서른 살 전후로 삶의 우선순위의 맨 앞에 '우리'를 두었다. 삶에서 가장 우선되는 것은 언제나 우리다. 우리가 잘 지내야 주변도 돌볼 수 있고, 다른 곳을 둘러볼 여유도 생긴다고 믿는다. 그래서 몸과 마음의 건강을 챙기고, 좋아하는 것을 가능한 한 많이 곁에 두고, 즐거움으로 하루를 채우고, 나와

꼭 다시 돌아가기로 약속한, 몰타에서

서로를 아끼고 돌보면서 산다. 주변 환경이나 다른 사람들의 말에 휘둘리지 않고 마음이 원하는 방향을 선택하려고 노력한다.

모두가 자기만의 여행을 하고 각자의 일을 하며 삶을 살아간다. 여행을 떠나야 시야가 넓어진다거나, 깨달음을 얻는다고는 생각하지 않는다. 여행하며 사는 삶이 무조건 행복한 삶이라고도 생각하지 않는다. 당연히 누구에게나 여행이 정답은 아닐 것이다. 삶에 딱 떨어지는 정답 같은 건 없으니까. 하지만 우리는 여전히 여행할 때 가장 행복하다. 가장 좋아하는 것이 여행이므로 여행을 한다. 우리에게 여행은 여행이면서, 일이면서, 일상이다. 이제는 여행이 정말 삶처럼 느껴진다.

우리는 주어진 우리의 인생에서 행복이라 믿는 것을 추구하며 즐겁게 살고자 한다. 다양한 경험을 통해 나를 탐구하고, 하고 싶은 것과 관심 있는 것에 집중하고, 새로운 일을 시도하고, 정성 들여 삶을 가꾸고 싶다. 나이가 들어감에 따라 다른 우선순위들이 바뀔 수도 있겠지만, 어떤 상황에서도 '우리'가 가장 우선이라는 것만은 변하지 않을 것 같다. 몇 년 뒤의 모습이 어떨지 알 수는 없어도 어디서든 우리답게 살고 있으리라 예상해본다.

세계 3대 패러글라이딩 명소가 있다. 네팔의 포카라Pokhara, 스위스의 인터라켄Interlaken, 터키의 페티예Fethiye. 세 곳을 모두 여행했지만, 남들이 패러글라이딩하는 것을 구경만 했다. 무서운 게 참 많기도 한 여행자라, 스카이다이빙이나 번지점프는 누가 돈을 준다고 해도 하지 않을 것 같다. 해가 지면 숙소로 쪼르르 들어가고, 술을 마시지도 않고, 조용히 둘이서 보내는 시간이 가장 편안하다 보니 우리 여행은 스펙터클과는 거리가 멀지만 그게 싫지 않다. 우리 삶도, 우리 여행처럼 조금은 심심한 듯 잔잔한 산책길 같길 희망한다. '자연스럽다'라는 말을 좋아한다. 그것이 무엇이든 억지로 하는 것보다는 자연스럽고 편안했으면 좋겠다. 우리 앞에 놓인 길들이 어떻게 생겼는지, 앞으로 또 어떤 일들이 일어날지 알 수 없지만, 지금껏 그랬듯 할 수 있는 것을 하면서 우리만의 길을 걸어가 보려 한다.

에필로그

어디서든, 우리답게 삽시다

캐리어보다 배낭을 좋아합니다. 두 손이 자유로워서 좋고, 울퉁불퉁한 길에서 턱턱 걸리는 바퀴 때문에 고생할 일이 없어서 좋고, 무엇보다도 배낭을 메고 있을 때의 제 모습이 좋아요(너무 무겁지 않아야겠지만요). 그런데 벌써 2년이 넘도록 배낭을 메지 못했습니다. 어떻게 짐을 싸고 풀었는지 가물가물하고, 낯선 곳에서 커다란 배낭을 메고 남편과 나란히 걷던 장면이 문득 떠오를 때면 훌쩍 떠나고픈 마음에 가슴이 울렁거립니다. 도대체 언제쯤 여행업과 관광업이 살아날까, 촉각을 곤두세우고 뉴스를 들여다보길 3년째. 지독한 역병은 도무지 없어질 기미가 보이질 않지만, 대신 사람들은 바이러스와 함께 살아가는 방법을 터득

한 듯합니다. 어수선한 세상 속에서도 다들 자기 자리를 묵묵히 지키고, 할 수 있는 일을 하면서요.

배낭을 메지 못하는 동안 차분히 이 책의 원고를 써 내려가며 지난 8년을 돌아보았습니다. 매일 글을 썼고, 사진을 찍었고, 셀 수 없이 많은 여행 콘텐츠를 만들었어요. 여행이 좋아서 여행을 했고, 기록하는 게 즐거워서 기록을 했습니다. 좋아서 한 일들이 차곡차곡 쌓여 지금의 저희가 되었습니다. 정착하지 않고 이곳저곳을 떠돌며 사는 저희 부부의 모습이 누군가에게는 그저 불안정하게만 보일 수도 있겠죠. 하지만 할 수 있는 일과 하고 싶은 일을 하며 삶을 그려나가는 우리의 모습이 저는 제법 마음에 듭니다. 이렇게 사는 사람, 저렇게 사는 사람, 그렇게 다양한 모습으로 사는 사람이 많은 세상이 좋은 세상이라고 믿습니다.

이제는 일과 여행과 일상을 구분하는 것이 어렵지만, 그것이 싫지 않습니다. 즐겁게 일하고, 즐겁게 여행하고, 즐겁게 살면서 충분히 삶을 누리고 싶습니다. 매일의 소소한 행복을 놓치지 않고, 우리가 걷고 싶은 오솔길을 찾아 천천히 산책하듯 살아가고 싶습니다. 그렇게 사는 것이 더 재미있을 것 같기 때문입니다. 자연스럽게, 우리답게, 마음이 가는 대로. 삶을 이겨내야 하는 어떤 것이 아니라 즐길 만한 것이라 느끼면서요. 그래야 하지 않을까요, 인생은 짧고 한 번뿐이니까요.

봄입니다. 벌써 세 번째 맞는 제주의 봄. 매일 걷는 산책길엔 노랗게 유채꽃이 피었고, 요 며칠 봄비가 내리더니 창밖으로 하얀 목련이 고개를 활짝 내밀었어요. 앙상하던 나뭇가지에는 어린잎이 돋아 싱그러운 연둣빛이 가득합니다. 때가 되면 피어나는 봄꽃들이, 잎사귀들이 기특하기만 한 계절입니다.

기나긴 겨울 같았던 2년이 지나고, 멈췄던 여행과 일상이 조금씩 돌아오는 것 같아 요즘은 살짝 설렙니다. 좋은 일이 생길지도 모른다는 산뜻한 기분으로 봄을 맞이하고, 이제는 다음 여행을 준비해봅니다. 어디서든 우리답게 일하고, 여행하고, 살자고 다짐하면서.

2022년 봄,

새로운 여행을 기다리며